4 Uhr wird geharkt

Krimi

Barbara Spangler
Erhard Lenke

2012 © friendship Verlag (Sandos)

Schnieglinger Str. 166

90425 Nürnberg

Email: verlag @ friendship-akademie.de

ISBN 978-3-944240-03-9 (Paperback)

ISBN 978-3-944240-01-5 (eBook)

Titelbild: Barbara Spangler, 2009

Für meinen Vater
Erhard Lenke

Mit Inspektor Baltimore von Scotland Yard verbindet mich eine Freundschaft, die Außenstehende oft an das Verhältnis zwischen Hund und Katze erinnert.

Mit einigem Geschick in seiner frühen Jugend hätte der Inspektor mein Vater sein können. Er verfügt über einen herrlichen hintergründigen Humor und strotzt vor Vitalität.
Im Allgemeinen mag er keine Privat-Detektive. Er nennt mich oft einen Schnüffler. Ich hasse diese abgedroschene Redensart, er weiß das und nutzt es schamlos aus.
Manchmal werfen wir uns informative Bälle zu und sind dabei selten schlecht gefahren. Auch heute wollte ich Ball spielen.

Als ich im Yard in Baltimores Büro trat, äugte er mir skeptisch entgegen und quälte sich ein müdes Lächeln ins Gesicht. "Der Nerventöter Hunter, welch' ein Vergnügen", knurrte er bissig. "Was treibt Sie denn schon wieder in mein muffiges Amtszimmer?"

In seiner Bude stank es immer, denn Baltimore bevorzugte eine Zigarettensorte, die aus Haferflocken und Seetang fabriziert wurde. Das war jedenfalls meine Vermutung und leichtsinnigerweise hatte ich einmal mit ihm über diese Zusammensetzung diskutiert.
"Verehrter Inspektor, ich hörte davon, dass Sie im Besitz von antiken Schriftstücken sind, mit deren Hilfe ich meine Bildung gern etwas vervollständigen möchte. Das allein ist der Anlass meines Besuches."

Er verzog sein Gesicht zu einem gönnerhaften Grinsen. "Da Sie nun endlich erkannt haben, wie viel Ihnen noch an Wissen fehlt, bevor man Sie als ein vollwertiges Glied in die Kette der menschlichen Gesellschaft einreihen kann, will ich Ihrem Bildungsdrang nicht im Wege stehen. Mir ist nur nicht klar, mit welchen antiken Schriften ich Ihnen helfen kann?"

"Es handelt sich um eine Sammlung verblichener Unterlagen, in denen das jähe Ende der Simone Barth aufgezeichnet ist."

Er kroch grollend hinter seinem Schreibtisch hervor und stand mit erhobenem Zeigefinger vor mir.

"Ich bitte mir mehr Respekt aus, Billy Hunter. Was Sie als antike Schriftstücke und verblichene Unterlagen bezeichnen, ist ein sechs Wochen alter Akten-Embryo."

Während dieser Strafpredigt angelte er nach einem Stuhl und rückte ihn einladend für mich zurecht. Das Spiel kannte ich. Jedes Mal, wenn ich zu ihm in den Yard kam, versuchte er, mich auf dieses Gestell zu bugsieren, für das die Bezeichnung 'Stuhl' eine hundsgemeine Schmeichelei war. Ich bin noch immer fest davon überzeugt, dass selbst der härteste Mann von Lähmungserscheinungen befallen wird, wenn er längere Zeit auf diesem Monstrum sitzen muss. "Unterdrücken Sie Ihren sadistischen Komplex, Inspektor. Ich setze mich auch heute nicht auf dieses Folterinstrument."

Sichtlich enttäuscht griff er zum Telefon und verlangte nach der Akte Barth. Nach wenigen Minuten brachte ein Constable das Gewünschte und schob den Ordner über

8

Baltimores zerkratzten Schreibtisch. Als wir wieder allein waren, überreichte mir der Inspektor die dünne Mappe und mit gewollter Amtsmiene sagte er:

"Ich verstoße jetzt nicht nur gegen meine Dienstvorschrift, sondern begehe auch noch eine unverzeihliche Dummheit. Sie, Hunter, sind ein nicht pensionsberechtigter Söldner von Leuten, die kein Vertrauen zu Scotland Yard haben. Sie arbeiten für den schnöden Mammon dieser Leute und beschaffen sich Ihre Informationen vom Yard. Das soll ein normaler Mensch verstehen."
Dann wurde er ernst.

"Ich nehme an, dass Sie von Simones Vater, dem Konsul Barth, den Auftrag bekamen, nach dem Mörder seiner Tochter zu suchen. Ist das so?"
"Das ist so, Mister Baltimore."
"Der Konsul befürchtet also, dass vom Yard zu wenig getan wird. Er irrt sich, Hunter! Ich habe meine besten Beamten eingesetzt, war selbst eine Woche in Glouch am Tatort und habe nichts erreicht. Kein Motiv, keine Spuren und alle Recherchen vergebens. Wir wissen heute so viel wie am ersten Tag; der Mord stinkt zum Himmel."
"Sie machen mich traurig, Inspektor."

"Lästern Sie nur, Schnüffler. Dieser Fall kann leicht Ihr erster Versager werden. Geben Sie dem Konsul lieber gleich sein Geld zurück, bevor er Sie aus Ihrem entzückenden Maßanzug stößt. Auch Ihnen wird auf die

Dauer ein Fehlschlag nicht erspart bleiben und dann werden Sie verdammt froh sein, wenn Sie sich an der breiten Brust des alten Baltimore ausweinen können." Ich schenkte mir eine Antwort und blätterte in der Akte.

Bericht des Inspektor Baltimore:

Am 17. Juni, 5.05 Uhr wurde das Mord-Dezernat 3 durch ein Telefonat des Constable Jeff Groat (Constable Station Glouch) alarmiert.
Am 17. Juni, 7.40 Uhr traf das Mord-Dezernat 3 mit allen Beamten des Bereitschaftsdienstes in Glouch ein.

Tatbestand:
Am Privatstrand des Hotels 'Silverbird' wurde am 17. Juni gegen 5.00 Uhr eine weibliche Leiche aufgefunden. Eine tiefe Stichwunde unter der linken Brust zeugte von Gewaltanwendung und führte wahrscheinlich zum sofortigen Tod. Da keine Waffe bei der Leiche gefunden wurde, von der die tödliche Verletzung herrühren konnte, schloss sich ein Unfall oder Selbstmord aus.

Tatbestand: Mord
Lage des Tatortes:
Das Hotel 'Silverbird' liegt am östlichen Ortsausgang von Glouch, 35 Yards vom Ufer des Sees entfernt. Zu dem Hotel gehört ein Streifen eigener Strand, der sich vom Wasser bis an die Hotelterrasse erstreckt und nur von Hotelgästen benutzt werden darf.

Personalien der Toten:

Anne Simone Barth; 25 Jahre alt; unverheiratet; dunkelblondes Haar; graue Augen; schlank; keine besonderen Kennzeichen.

Angaben zur Person:
Die Tote war mit einem bunten Sommerkleid, der üblichen Damenunterwäsche und weißen Sandaletten mit hohem Absatz bekleidet.
Die Barth traf am 15. Juni in Glouch ein und bewohnte das Zimmer Nummer 21 im Hotel 'Silverbird'.
Der Pass der Ermordeten wurde bei der Durchsuchung des Zimmers 21 in einer weißen Handtasche gefunden.
Hotelzimmer und Gepäck ergaben keine weiteren Anhaltspunkte.

In der Nacht vom 16. zum 17. Juni feierten einige Hotelgäste in der Bar des Hotels 'Silverbird' den Geburtstag eines Urlaubers. Unter den Gästen befand sich der ortsansässige, dienstfreie Constable Jeff Groat.
Gegen 5.00 Uhr löste sich die Gesellschaft auf.
Digby Salter, ein Zecher dieser Runde, wollte noch ein Bad im See nehmen. Er begab sich auf sein Zimmer und kam in Badekleidung zurück.

Bericht des Hotelgastes Josua Delba:
Ich stand am Fenster des Terrassenzimmers und sah Mister Salter durch den hinteren Ausgang des Terrassenzimmers das Hotel verlassen. Er lief hinunter zum See und zog sich dort, direkt am Wasser stehend, seinen Bademantel aus. Mir schien es, als ob Mister Salter in diesem Augenblick eine Wahrnehmung

11

machte. Er stand plötzlich völlig unbeweglich und starrte auf einen dunklen Fleck, der etwa 10 Yards rechts von ihm im Sand, auch von meinem Standort aus, zu sehen war. Allerdings konnte ich nicht erkennen, was diesen Fleck im Sand ausmachte. Ich sah weiter, wie sich Mister Salter den Bademantel über den Arm legte und mit langsamen Schritten zögernd auf diesen dunklen Fleck zulief. Dort angelangt bückte er sich, verharrte eine Weile in dieser Stellung und rannte wild gestikulierend zum Hotel zurück. Als er in das Terrassenzimmer trat, rief er: "Am Strand liegt ein Mädchen, ich glaube es ist tot!"

Bericht des Konstablers Jeff Groat:
Ich hörte Mister Salter rufen und lief zu ihm. Er zitterte vor Kälte und Erregung und presste den Bademantel fest an seinen Körper. Ich verwies ihn auf sein Zimmer, damit er sich ankleiden konnte. Den noch anwesenden Gästen verbot ich den Strand zu betreten, um eventuelle Spuren nicht durch Neugierige verwischen zu lassen.

Dann lief ich zum Ufer. Das Mädchen lag auf dem Rücken. Unter ihrer linken Brust zeigt sich, durch das weit aufgeschlitzte Kleid, eine klaffende Stichwunde. Ich sah sofort, dass es tot war. Vom Hotel aus telefonierte ich dann mit Scotland Yard. Bis zum Eintreffen des Mord-Dezernates blieb ich bei der Leiche. Ich habe nichts berührt oder verändert und den Strand hat, außer Mister Salter und mir, nach dem Auffinden der Toten niemand mehr betreten.

Die Bilder des Polizeifotografen zeigten die Leiche von allen Seiten und aus jeder Perspektive. Die Stichwunde lag frei und war erschreckend groß. Simone Barth lag in einer verrenkten Stellung auf dem Boden, etwa einen Yard vom Wasser entfernt.

Bericht des Polizeiarztes:
Exitus durch einen Stich, der das Herz voll traf und durchbohrte. Die vermutliche Mordwaffe muss ein Dolch gewesen sein, dessen Klinge 6 bis 7 Zoll lang, sehr flach und beidseitig geschliffen war. Die Tatzeit liegt etwa zwischen 2.00 Uhr und 2.30 Uhr. Der Verlauf des Wundkanales in der Leiche lässt darauf schließen, dass die Barth im Augenblick der Tat ihrem Mörder Auge in Auge gegenüber stand. Spuren etwaiger Gewaltanwendung konnten weder am Körper, noch an den Kleidern der Toten festgestellt werden. Der Stich muss völlig überraschend ausgeführt worden sein.

Bericht der Spurensicherer:
Der Strand des Hotel 'Silverbird' wurde am Abend des 16. Juni gegen 22.00 Uhr, als sich keine Gäste mehr am Ufer befanden, von dem Rentner Tom Seeler geharkt.
Die Fußspuren der Barth führen vom hinteren Ausgang des Terrassenzimmers direkt zum Wasser und enden am Tatort.
Die Abdrücke der unbekleideten Füße des Mister Salter sind frischer. Sie zeigen vom gleichen Hotelausgang zum Wasser und biegen dort im rechten Winkel zum Tatort ab; von da führen sie gerade zurück zum Hotel.

Außer den Fußspuren des Konstablers Groat, verweist nichts auf die Anwesenheit weiterer Personen am Strand. Da das Wasser bis zu 30 Yards Entfernung vom Ufer nur fußtief ist, erscheint die Annäherung des Täters in einem Boot unmöglich. Unter den gegebenen Umständen kann nur vermutet werden, dass der Täter durch das seichte Wasser watete und die Barth im See stehend erwartet hat. Nur so ist das Fehlen der Fußabdrücke einer vierten Person, die im vorliegenden Fall der Täter sein müsste, zu erklären. Die leichte Dünung des Sees dürfte die unter der Wasseroberfläche liegenden Fußspuren des Täters, in der Zeit zwischen Tat und Spurensicherung, verwaschen haben.

Es galt als erwiesen, dass sich zur Tatzeit keiner der Gäste aus der Bar des Hotels entfernte, da in der kritischen Zeit ein Spiel lief, das die Anwesenheit aller Personen erforderte.

Dem Personal des Hotels war nichts Verdächtiges aufgefallen. Niemand sah die Barth in der Mordnacht aus dem Haus gehen. Sie verlangte gegen 23.00 Uhr vom Portier ihren Schlüssel und stieg die Treppe zu den Gästezimmern hinauf; nach dieser Zeit wurde sie nicht mehr gesehen.
Übereinstimmend sagten alle Befragten aus, dass Simone Barth ein ruhiges und anständiges Mädchen war.

Alle weiteren Bemühungen durch Recherchen und Befragungen im Ort auf einen Fingerzeig zu stoßen, der Schlüsse auf das Tatmotiv zuließ, blieben erfolglos.
Die Suche nach der Mordwaffe wurde eingestellt, da sie trotz des Einsatzes modernster Geräte nicht gefunden werden konnte.

Konsul Edmond Barth, der Vater der Ermordeten, ist seit zehn Jahren Witwer. Über seine Tochter befragt gab er die Auskunft, dass Simone sehr zurückgezogen lebte, sie ging selten aus und hatte nur wenige oberflächliche Bekannte.

Das war der ganze Segen. Ein ausgelöschtes Menschenleben zwischen kalten Aktendeckeln.

Baltimore sah zu mir herüber und fragte:
"Na, Hunter, sind Sie nun gescheiter? Wer war der Täter und was hatte er für einen Grund, die kleine Barth umzulegen? War es ein heimlicher Liebhaber?" "Möglich ist alles, Inspektor. Ein zärtlicher Mensch war es jedenfalls nicht. Vielleicht hat Simone ihn geliebt, ohne dass er diese Gefühle erwiderte. Vielleicht hat er die Barth nur für bestimmte Zwecke gebraucht und ihre Zuneigung ausgenützt. Wer weiß das. Immerhin erscheint es mir seltsam, dass ein Verliebter tief in der Nacht durch das Wasser watet, um sein Mädchen zu treffen und dann im Wasser stehen bleibt, obwohl seine Kleine am Strand sehnsüchtig auf ihn wartet."
Baltimore angelte sich eine von seinen unmöglichen Zigaretten aus der Tasche.

15

"Gut gebrüllt, Löwe", sagte er spöttisch und fragte weiter. "Und was halten Sie von Erpressung?"

"Natürlich besteht auch diese Möglichkeit, Inspektor. Haben Sie in der Richtung etwas unternommen?"

Seine Antwort war fast zornig. "Klar habe ich das! Die Barth erhielt selten Post, mit einem Drohbrief wäre die doch bestimmt sofort zu ihrem Daddy gelaufen. Der Konsul hält Erpressung für absurd. Simone hatte ein eigenes Bankkonto, aber auch da sind keine Abhebungen verbucht, die auf so was schließen lassen."

Wir schwiegen und jeder hing seinen Gedanken nach.

"Was gibt es sonst noch Wissenswertes, Inspektor", erlaubte ich mich nach einer Weile zu fragen.

"Nicht mehr, Schnüffler! Im Übrigen bezahlt Sie der Konsul, weil Sie für ihn arbeiten sollen und nicht dafür, dass sie müßig hier herum hocken und einen geplagten Polizisten aushorchen."

Mit dieser Rüge schien er meine Audienz beenden zu wollen. Ich hielt ihm meine Hand entgegen und sagte: "Ich werde morgen früh nach Glouch fahren. Wenn es Sie nach meiner Sonne frieren sollte, werden Sie mich vielleicht im 'Silverbird' erreichen. Leben Sie wohl, Mister Baltimore."

Ich war schon halb aus der Tür. "Halt! Einen Moment noch, Billy."

Diese vertraute Anrede machte mich stutzig und ich blieb gespannt stehen. "Wenn Sie morgen nach Glouch fahren, könnten Sie doch mein Töchterchen mitnehmen. Evy möchte an dem See ihren Urlaub verbringen und müsste heute Nacht mit der Bahn dahin fahren. Das Mädel würde sich die Nachtfahrt und das Geld ersparen. Es muss doch eine Ehre für Sie sein, wenn Ihnen ein Inspektor von Scotland Yard sein einziges Kind anvertraut."

Er stand mit gefalteten Händen vor seinem Schreibtisch und sah mich erwartungsvoll an. "Also gut", brummte ich nicht sehr begeistert. "Eine Hand wäscht die andere. Ich hole Ihre Kleine morgen gegen neun Uhr ab. Sorgen Sie dafür, dass ich nicht auf das Kind warten muss."

Bevor ich die Tür hinter mir schloss, warf ich noch einen Blick zurück. Da stand der Kerl und grinste so unverschämt, dass mir meine Zusage fast schon wieder leid tat.

Am nächsten Morgen, kurz vor neun Uhr, parkte ich meinen Flitzer vor dem Siedlungshaus des Inspektors. Es war schon eine Zumutung von dem Alten, mir sein Kind für die Fahrt nach Glouch anzudrehen. Ich war voller Tatendrang, wollte so schnell wie möglich mit meiner Arbeit am See beginnen und durfte nun, aus Rücksicht auf das zarte Kindchen, im unfallfreien Zuckeltrab meinem Ziel entgegen schleichen.

Missmutig schob ich mich durch den kleinen Vorgarten und drückte widerwillig auf die Klingel. Im Haus rührte sich nichts. Am liebsten wäre ich jetzt in den Flitzer gesprungen und um die Ecke gewedelt. Doch der Gedanke kam mir leider zu spät. Die Haustür öffnete sich und vor mir stand eine junge Dame, die man aus den attraktivsten Teilen einiger Schönheitsköniginnen zusammengesetzt haben mochte. Mit einer Stimme, die den Vergleich mit einem Philharmonischen Orchester heraus forderte, sagte sie: "Entschuldigen Sie bitte, dass ich nicht früher öffnen konnte. Ich nehme an, Sie sind Mister Hunter?"

"Good Morning, Madam! Ihre Annahme ist richtig. Ich möchte Inspektor Baltimores Töchterchen abholen. Ist das Kind reisefertig?"
Sie sah mich völlig entgeistert an. Dann lief ein Zucken über ihr Gesicht, sie presste die Hände auf ihren vollen Busen und lachte schallend. Ich war über diesen Gefühlsausbruch völlig verdattert und bereit über ihren Geisteszustand ein vernichtendes Urteil zu fällen. Langsam beruhigte sie sich und stammelte, noch immer leicht außer Atem:
"Sie werden es nicht für möglich halten, Mister Hunter. Ich bin Inspektor Baltimores Töchterchen."

Dann war ihre Beherrschung wieder im Eimer. Sie hielt sich den Mund zu und zeigte mir ihre reizvolle hintere Ansicht. Nur am Beben ihrer Schulter konnte ich erkennen, dass es das „Mädel" vor Heiterkeit schüttelte. Der Inspektor gehörte an den Galgen. Da sprach der Kerl immer von seinem Kind und Töchterchen, dass jeder normale Mensch annehmen musste, ein Küken in

Baltimores Stall vorzufinden. Nun hatte sie ihr Lachen wieder unter Kontrolle.

"Ich heiße Evelyn. Bitte seien Sie nicht beleidigt Mister Hunter, aber Ihre Frage war so herrlich komisch. Es ist nett von Ihnen, dass Sie mich mit nach Glouch nehmen wollen. Hoffentlich haben Sie Daddy diese Aufdringlichkeit nicht krumm genommen. Als er gestern Abend heim kam und mir von dieser Vereinbarungen erzählte, war ich fast ein wenig böse auf ihn." Es war eine Freude, sie sprechen zu sehen. Etwa zwanzig Lenze wird sie erlebt haben, dachte ich. Und gewachsen war sie, ach was, so etwas wächst nicht, das muss modelliert werden.

In der Diele standen zwei Koffer.
"Ist das Ihr Gepäck, Miss Baltimore?" "Ja, die Koffer von Inspektor Baltimores Töchterchen. Bitte Mister Hunter, lassen Sie die 'Miss' sterben. Sie sind für mich kein Fremder, Daddy hat mir schon viel von Ihnen erzählt. Er hält große Stücke auf Sie und ich freue mich wirklich, dass ich Sie einmal persönlich kennengelernt habe." Das war zu viel.
Mit dem Elan eines Trapezakrobaten packte ich die Koffer und spurtete aus dem Haus. Ich verstaute die Dinger gewissenhaft im Kofferraum und ging dann innerlich gefestigt in die Diele zurück. Die Miss trat mir strahlend entgegen. "So, Mister Hunter, alles klar. Von mir aus kann's losgehen."

Ich half ihr in einen leichten dunklen Staubmantel und sagte: "Ich werde das Verdeck schließen."

"Nicht wegen mir, Mister Hunter. Ich lasse mir den Wind gern um die Nase wehen."

"Dann würde ich ein Kopftuch empfehlen, Evelyn."

Sie sah mir voll ins Gesicht und mit einem Lächeln, bei dem Mona Lisa vor Minderwertigkeitskomplexen ihre Augen nieder geschlagen hätte, sagte sie: "Es klingt doch viel netter, wenn man sich beim Vornamen nennt." Ohne weitere Verzögerungen bestiegen wir den Flitzer und rauschten los.

Ich hatte mir die Route über Oxford, Birmingham, Burnley ausgesucht und wollte den Solway Firth westlich liegen lassen. Schweigsam wühlten wir uns durch das Londoner Verkehrschaos und als wir das hinter uns hatten, fragte ich: "Haben Sie in Glouch schon eine Unterkunft, Evelyn?"

"Ja! Ich wohne im Hotel 'Silverbird'."

Ich glaubte, mich verhört zu haben und Evelyn deutete mein Erstaunen auf ihre Art.

"Daddy sagte mir schon, dass Sie aus beruflichen Gründen auch da wohnen möchten. Ich werde Sie nicht stören, Billy. Oder glauben Sie, Daddy habe mich als seine Spionin mitgeschickt, die Ihnen auf die Finger schaut?" Bei dieser Frage legte sie mir ihre Hand vertraut auf den Arm und mir wurde warm im Anzug.

Dass sie mich nun auch beim Vornamen nannte, registrierte ich als ein Plus für mich, aber was sie von einer väterlichen Spionin sagte, war trotzdem nicht von der Hand zu weisen. Dem alten Specht Baltimore konnte man es schon zutrauen, dass er mich arbeiten ließ und er dann die Rosinen aus dem Kuchen pickte. Evelyn unterbrach meine düsteren Gedanken.

"Warum so nachdenklich, Billy?"
"Ich denke darüber nach, ob ich im 'Silverbird' noch ein Zimmer bekommen werde. Leider habe ich es versäumt, mich telefonisch danach zu erkundigen." Sie nickte versonnen.
"Ja, das kann schwierig werden. Ich bin schon seit April angemeldet. Im vorigen Herbst fuhr ich mit einer Freundin durch diese Gegend und war so begeistert, dass ich mich schon damals entschlossen habe, meinen Urlaub dort zu verleben."

Damit klärte sich die Frage nach der eventuellen väterlichen Spionin von selbst. Wenn Evelyn bereits im April ihr Zimmer im 'Silverbird' bestellt hatte, konnte sie nicht im Auftrag ihres Vaters nach Glouch reisen, denn der Inspektor interessierte sich erst seit dem Mord am 17. Juni für diesen Ort. Das Mädchen fuhr also tatsächlich zu ihrer Erholung dahin und ich fragte mich, wie sie aussehen würde, wenn sie zu alledem auch noch erholt war.

In Burnley legte ich eine kurze Verschnaufpause ein und gegen 14.00 Uhr erreichten wir dann das Ziel unserer Reise. Ein wirkliches Ferienparadies; zum Ausspannen wie geschaffen. Der tiefgrüne See mit seinem hellgelben Sandstrand wurde von waldbedeckten Bergen und bunten Wiesen eingerahmt. Glouch, ein kleiner Ort an seinem Ufer, strahlte ruhige Behaglichkeit aus und das Hotel 'Silverbird' konnte sich sehen lassen. Man begrüßte uns mit ausgesuchter Höflichkeit und während ich noch mit dem Portier um ein Zimmer feilschte, stellte sich bereits der Besitzer bei Evelyn vor. Ich hatte Pech. Alle Zimmer waren belegt oder vorbestellt.

Schon wollte ich mich geschlagen geben und mein Glück in einem anderen Haus versuche, als der Hotelier zu mir an die Rezeption trat. "Gestatten Sie, dass ich mich vorstelle?" Der Mann gefiel mir sofort, seine Erscheinung hätte jeden Aristokraten zur Ehre gereicht. "Howard ist mein Name. Ich heiße Sie in meinem Haus willkommen."

"Ihr Portier scheint anderer Meinung zu sein, Mister Howard. Er hat mir alle Hoffnungen auf ein Unterkommen in Ihrem Haus zerstört."

"Es ist im Augenblick sehr schwer für uns, unangemeldete Gäste aufzunehmen. Miss Baltimore bat mich schon darum, für Sie ein Zimmer freizumachen." Ich sah mich nach der Miss um. Sie räkelte sich in einem tiefen Sessel, von denen eine verschwenderische Menge in der Halle herum standen, verfolgte interessiert unsere Unterhaltung und erst als sie spürte, dass ich zu ihr hinsah, spielte sie die Gleichgültige.

Während meiner Betrachtung hatte Howard leise mit seinem Portier gesprochen und mit einem freundlichen Lächeln wandte er sich nun wieder an mich. "Würden Sie bitte für kurze Zeit in der Halle Platz nehmen, Gentleman. Ich will sehen, was ich für Sie tun kann." Ich nickte nur ergeben und schlenderte hinüber zu Evelyn. Ein freier Sessel stand dicht neben dem ihren. Als ich saß beugte ich mich zu ihr und fragte leise: "Haben Sie Howard gesagt, wer ich bin oder weshalb ich hier wohnen möchte?"

Sie sah mich vorwurfsvoll an. "Aber Billy, erlauben Sie 'mal. Ich bin doch Inspektor Baltimores Töchterchen." Das 'Töchterchen' ging mir jetzt schon ebenso auf den Wecker, wie das Wort 'Schnüffler' von ihrem Vater. Sie kämpfte weiter um ihre saubere Weste.

"Ich sagte Howard nur, dass wir gute Freunde sind und ich traurig wäre, wenn Sie hier kein Zimmer bekommen könnten."

"Die fromme Lüge", sagte ich grinsend.

Sie richtete sich kerzengerade auf, sah mich mit schräg gestelltem Kopf eine Weile an und frage dann scheinheilig: Wäre die Wahrheit so unangenehm für Sie, Billy?"

Howard trat zu uns und enthob mich damit einer Antwort. Sie bekommen ein Zimmer, Gentleman. Wir haben etwas jonglieren müssen, aber eine Möglichkeit gefunden. Würden Sie sich bitte an der Rezeption einschreiben. Der Servant wird Ihr Gepäck auf die Zimmer tragen. Ich hoffe sehr, dass Sie sich bei uns wohl fühlen werden. Der Tee wird um 16.00 Uhr im Terrassenzimmer serviert. Ich darf mich bis dahin empfehlen."

Er verbeugte sich leicht und eilte auf einige neu angekommene Gäste zu, die schon auf ihn warteten.

Mein Zimmer war groß und gut eingerichtet. Ein breites Fenster gewährte einen herrlichen Ausblick auf den See und die bewaldeten Berge. Das wichtigste an dieser Kemenate aber war, dass sie im ersten Stockwerk, am Ende eines langen Flures und genau gegenüber von Evelyns Zimmer lag.

Der Hotelier verstand schon etwas vom Jonglieren.Ich packte meine Sachen aus dem Koffer, nahm eine kalte Dusche und als ich mir danach vor dem blitzsauberen Spiegel die Krawatte band, zeigte die Uhr schon die Teestunde an.

In einer seltenen Hochstimmung verließ ich das Zimmer und traf in der Halle mit Howard zusammen. "Sind Sie mit Ihrer Unterbringung zufrieden, Mister Hunter?" Ich hatte mich vorhin bei ihm absichtlich nicht vorgestellt, weil ich feststellen wollte, wie groß sein Interesse an meinem Namen war. Er hatte die Zeit genutzt und ihn aus dem Gästebuch erfahren. Wie dem auch sei, der Mann war höflich und befasste sich auf eine sehr nette Art mit seinen Gästen. Für mich verkörperte er die alte gastronomische Schule. "Danke, Mister Howard", sagte ich. "Ich fühle mich schon wie zu Hause."

"Das freut mich für Sie, Mister Hunter. Darf ich Sie jetzt in das Terrassenzimmer an Ihren Tisch führen? Wir haben seit langem die Gepflogenheit, unseren Pensionsgästen - sagen wir ruhig - Stammplätze anzuweisen."

Zwei Stühle standen an dem Tisch zu dem mich Howard führte. Einer davon war noch frei, auf dem anderen saß Evelyn. Der Hotelier zeigt mit ausgestrecktem Arm auf den freien Platz, lächelte und verließ den Raum. Baltimores Tochter wurde etwas verlegen, als ich sie leicht ironisch ansah.

"Es ist bestimmt nicht meine Schuld, dass uns Mister Howard zusammensetzt, Billy. Er nimmt eben an, dass wir befreundet sind."

"Wissen Sie denn, ob es mir unangenehm ist, nun für die Dauer meines Aufenthaltes die Mahlzeiten mit Ihnen gemeinsam einnehmen zu müssen?"

In der Halle hatte mich Howard einer Antwort auf Evelyns Frage enthoben, für sie tat es jetzt der Kellner; er servierte den Tee. Nach einer verplauderten Stunde trennten wir uns. Ich wollte mich mit der Gegend vertraut machen und bummeln gehen. In der Halle verabschiedete ich mich von Evelyn und raunte ihr geheimnisvoll zu:

"Ich gehe jetzt Mörder fangen." Sie blinzelte mich an, imitierte meine Stimme und flüsterte: "Und ich werde mich jetzt erholen."

Der kleine Ort war ganz auf Fremdenverkehr eingestellt. Hotels, Pensionen und Teestuben wohin man sah. Auch an einem Kino und an einer Bar kam ich vorüber. Die

Schaufenster der Geschäfte waren mit Andenken aller Art überladen und damit unterschied sich das Städtchen in keiner Weise von anderen Urlaubsorten. Ich lief durch enge Gassen zum See zurück. Drei Hotels standen in fast gleichen Abständen voneinander an seinem Ufer. In der Mitte das 'Silverbird' in dem ich abgestiegen war und an dessen Strand man die Leiche der Barth gefunden hatte. Links lag das Hotel 'Moonlight' und auf der rechten Seite das 'Memory'. Jedes Haus verfügte über einen Streifen eigenen Strand. Die Besitzer schienen eifersüchtig über ihr Land zu wachen, denn übermannshohe Zäune aus Maschendraht trennten die Grundstücke. Die Hoteliers hatten sich mit dieser hässlichen Abgrenzung nicht allein auf den Strand beschränkt, sondern diese noch acht bis zehn Yards in den See hinein fortgesetzt. Mir genügten diese ersten Feststellungen und ich trottete durstig in den Ort zurück. In einer kleinen Bar wollte ich über das Gesehene nachdenken, doch die Miss hinter der Theke nahm keine Rücksicht auf mein Vorhaben und plapperte geschäftstüchtig auf mich ein: "Please, Sir. Ihr Gin, Mister! Sind Sie schon länger bei uns in Glouch, Gentleman?"

Ich fand mich mit der Tatsache ab, dass sich die Kleine mit mir unterhalten wollte und gab ihr eine Zigarette. Vielleicht war ein Gespräch mit ihr ganz aufschlussreich. "Ich bin erst einige Stunden im Ort und habe eben meinen ersten Spaziergang beendet. Der See hat einen herrlichen Strand, so etwas sieht man nicht sehr oft."

"Ja, es ist schön hier", sagte sie stolz. "Aber leider hat der See auch einen Nachteil, Sie werden das bestimmt noch feststellen. Man muss immer erst 30 Yards waten, um aus dem fußhohen Wasser herauszukommen und bis zu 70 Yards gibt es noch viele Untiefen, erst dann kann man unbehindert schwimmen."

Ich bestellte mir den zweiten Gin und sagte ihr, sie sollte sich auch etwas einschenken. Dieses Spielchen trieb ich einige Male mit ihr und nach einer Stunde waren wir ganz schön in Stimmung.
"Ich heiße Maud", sagte sie und neigte sich mit glänzenden Augen vertraulich über die Theke. Ich streichelte ihr Haar und wollte das Gespräch ganz unverfänglich auf den Mord an Simone Barth hinleiten. Da betraten zwei Urlauber die Bar und die Möglichkeit einer ungestörten Unterhaltung war dahin. Ich bezahlte und Maud gab mir die Hand. "Kommen sie doch bald wieder vorbei; es war nett mit Ihnen zu plaudern", flötete sie und zuckte mit den Wimpern. Kurz vor dem Ausgang wandte ich mich zu ihr um und wollte im Rückwärtsgehen noch etwas sagen. Doch bevor ich ein Wort herausbrachte, knallte mein Hinterkopf gegen den niedrigen Türrahmen und mir verging das Reden. Ich rieb mir die Haare und trat fluchend auf die Straße. Hinter mir lachten die Idioten.

Im 'Silverbird' saß man schon beim Supper.
Ich betrat den Speisesaal und sah Evelyn allein an einem, für zwei Personen gedeckten Tisch sitzen. Ihr Kleid war eine Revolution; sie zog die Blicke aller Gäste

auf sich. "Sie kommen reichlich spät, Billy", stellte sie sachlich fest und aß mit gesundem Appetit weiter. Ich war nahe daran, ihr ein Kompliment zu machen, verkniff es mir aber, weil mir das zwischen Vorspeise und Hauptgericht unpassend erschien. Nach dem Essen wollte Evelyn einen Brief an ihren Daddy schreiben. Als wir uns in der Halle trennten, sagte ich ihr, dass ich im Bedarfsfall in der Bar des Hotels zu finden sei.

Die Bar war nur mäßig besetzt; an der Theke saß niemand. Ich schob mich auf einen Hocker und bestellte Gin. Der Barkeeper schenkte ein und zog sich dann an das andere Ende der Theke zurück. Dort polierte er Gläser und huldigte damit dem internationalen Gesellschaftsspiel dieser Gilde. Ich war durch den Besuch bei Maud leicht relaxed und mein Glas blieb nicht lange gefüllt. Der Barkeeper schenkte nach. Eine Weile döste ich vor mich hin, dass schweiften meine Gedanken über Evelyn zu Simone Barth und damit war ich beim richtigen Thema. Hier konnte ich ungestört nachdenken.

Wurde Simone Barth vorsätzlich ermordet oder geschah die Tat im Affekt?

Einer Affekthandlung gingen in den meisten Fällen Auseinandersetzungen und Tätlichkeiten voraus. Bei der Toten wurden jedoch weder am Körper noch an den Kleidern Spuren von Gewaltanwendung festgestellt. Außerdem sprach noch ein wesentlicher Umstand gegen die Affekttheorie.

Laut Bericht des Polizeiarztes soll die Klinge der Mordwaffe 6 - 7 Zoll lang gewesen sein. Ich rechnete noch ungefähr 4 Zoll für den Griff des Dolches dazu, das ergab eine Gesamtlänge von etwa 10 Zoll. Einen so sperrigen Zahnstocher trägt doch ein normaler Mensch nicht alle Tage mit sich herum. Es soll zwar Leute geben, die sich ohne eine Schusswaffe nicht richtig angezogen fühlen, aber um so ein Schwert unter der Weste spazieren zu tragen, musste schon jemand über einen sehr gesunden Humor verfügen. Der Täter hatte jedenfalls den "Dolch im Gewande', als er sich mit Simone Barth traf, also wollte er morden. Eine andere Auslegung der gegebenen Tatsachen gab es einfach nicht.

Mein Glas war leer. "Bitte noch einen Drink."

Weiter:

In welcher persönlichen Beziehung stand der Täter zu Simone Barth? Ein Liebhaber kam kaum in Betracht, darüber hatte ich schon mit Inspektor Baltimore diskutiert. Es ist in unseren Breiten nicht üblich, dass ein Liebhaber mit einem Dolch im Hemd zum Stelldichein geht. Das tut vielleicht einmal ein enttäuschter Kavalier, aber mit einem solchen hätte Simone bestimmt nicht für früh um 2.00 Uhr ein Rendezvous vereinbart. Der Täter musste also eine Person sein, mit der die Barth durch eine gemeinsame Sache verbunden war.

Was tat Simone Barth am Abend vor dem Mord?

Sie verlangte gegen 23.00 Uhr vom Portier ihren Zimmerschlüssel und stieg die Treppe zu den Gästezimmern hinauf. Damit wollte sie demonstrieren, dass sie sich zur Ruhe begab. Kurz vor 2.00 Uhr schlich sie dann völlig bekleidet aus dem Hotel und lief zum Strand. Hier sah sie ihren Partner durch das Wasser waten und auf sich zukommen. Das machte sie nicht stutzig. Es schien sie auch nicht befremdet zu haben, dass die Person im See stehen blieb, denn sie trat ja selbst ganz dicht an das Wasser heran. Sie muss demnach gewusst haben, dass ihr Partner keine Spuren im Sand des Strandes hinterlassen wollte.

Aus diesem Verhalten war zu schließen, dass Simone mit der Person ein Geheimnis verband - ein gefährliches Geheimnis -, denn wegen einer Bagatelle mordet man nicht gleich. Die Person glaubte wahrscheinlich, dass das Geheimnis bei der Barth nicht mehr bewahrt bleiben würde und deshalb musste Simone sterben. Die Person wurde zum Mörder. Der Mörder wusste, dass der Strand vor dem 'Silverbird' am Abend geharkt wurde und darum betrat er ihn nicht. War es mondhell, konnte das jeder Ortsfremde leicht feststellen, in einer dunklen Nacht aber musste der Mörder mit dieser Tatsache vertraut sein, ein Ortsfremder wäre aus dem Wasser getreten. Die Mondwechsel waren in meinem Taschenkalender verzeichnet. Hier stand es schwarz auf weiß. In der Nacht vom 16. zum 17. Juni hatten wir Neumond, die Nacht war demnach sehr dunkel. Ganz klar, dass sich der Mörder keine Vollmondnacht für seine Tat ausgesucht hatte. Damit war erwiesen, dass er von dem geharkten Strand gewusst haben musste.

Weiter:

Simone Barth traf am 15. Juni in Glouch ein, vorher war sie niemals in dieser Gegend. Nun pflegte man für gewöhnlich in zwei Tagen mit einem neuen Bekannten keine gefährlichen Geheimnisse zu haben. Folglich kannte Simone ihre späteren Mörder schon und wollte sich in Glouch mit ihm treffen. Der ständige Wohnsitz des Mörders war Glouch wahrscheinlich nicht, denn wenn man ein Treffen vereinbart zu dem ein Mord geschehen soll, wählt man sich nicht seine eigene kleine Heimatgemeinde aus. Der Mörder musste sich also, genau wie die Barth, im Ort eingemietet haben. Nur dürfte er schon einige Tage vor Simone eingetroffen sein, um die örtlichen Verhältnisse kennenzulernen.

Wo mochte der Mörder gewohnt haben?

Das gleiche Hotel wie Simone würde er nicht bezogen haben, denn es sollte, und dafür sprach das nächtliche Treffen, niemand erfahren, dass sich die beiden kannten. Er wollte morden. Nach einem Mord würde die Polizei die Gäste des Hotels, in dem das Opfer gewohnt hatte, besonders scharf unter die Lupe nehmen und dieser Gefahr durfte er sich nicht aussetzen. Dennoch musste sein Weg zu dem vereinbarten Treffpunkt so kurz wie möglich sein, denn er wollte in der Mordnacht nicht gesehen werden. Deshalb musste er sich in der unmittelbaren Nähe des 'Silverbird' ein Zimmer beschaffen.

Mir schwirrten die verwegensten Kombinationen durch den Kopf, ich erwog alle mir bekannten Tatsachen und kam zu dem Ergebnis:

Simone Barth traf am 17. Juni zwischen 2.00 und 2.30 Uhr am Strand des Hotel 'Silverbird' mit einer Person zusammen, die sich schon einige Tage vorher in der Nähe eingemietet hatte. Die Barth stand mit dieser Person in geheimer Verbindung und war im Begriff etwas preis zu geben, was dieser Person gefährlich werden konnte. Deshalb wurde sie ermordet.

So ungefähr musste das Ganze zusammenpassen. Mochte sich auch manches im Detail etwas anders abgespielt haben, der rote Faden verlief bestimmt in dieser Richtung. Wenn sich kein ganz grober Denkfehler in meine Überlegungen eingeschlichen hatte, war ich jetzt einen kleinen Schritt vorwärts gekommen.

Mein Platz an der Bar war nicht sehr günstig. Das Lokal und der Eingang lagen hinter meinem Rücken. Nur wenn ich den Kopf leicht nach links drehte konnte ich einen Tisch sehen, an dem einige ältere Herren im angeregten Gespräch bei einem Drink saßen. Diese Unterhaltung stockte plötzlich und ein verklärter Ausdruck erschien in den schon leicht angestaubten Gesichtern der Männer. Sie richteten ihre Blicke in schöner Eintracht nach der Tür und nickten sich verstehend zu. Da es mir unmöglich erschien, dass ein

Dinosaurier am Abend nach 22.00 Uhr noch eine Bar besuchte, konnte das Verhalten der Gents nur einen Grund haben; Evelyn musste durch die Tür gekommen sein. Sie kam wirklich. Ich spürte es im Rücken, als sie hinter mir stand.

"Darf ich mich zu Ihnen setzen, Billy? Der Bedarfsfall ist eingetreten." Sie trank Martini, prostete mir zu, stellte das Glas zurück und sagte:
"Ich habe mir erlaubt Daddy von Ihnen zu grüßen. War es richtig oder habe ich voreilig und ohne Ihre Zustimmung gehandelt?" "Trinken wir auf seine Gesundheit, Polizisten-Tochter."

Sie saß an meiner rechten Seite und ich hatte mich ihr zugewandt. Durch diese Drehung lag jetzt der Eingang in meinem Blickfeld. Soeben zog ein rothaariger Riese ein zierliches weibliches Wesen durch die Tür, steuerte die Theke an und belegte mit seiner Partnerin die Hocker links neben mir.
"So, Blume der Prärie, „ sagte er. "Nun lass uns in die Sättel des Lotterlebens steigen und Feuerwasser trinken." An seinem Finger prangte ein goldener Ehering und auch die Lady war mit dem äußeren Zeichen standesamtlicher Zusammengehörigkeit geschmückt; bestimmt war sie seine Frau. Zärtlich strich er ihr über das Haar und flüsterte: "Oh, rote Blume, nur der große Manitu weiß, wie voll das Herz des Häuptlings ist." Auch Evelyn betrachtete das Paar mit sichtlichem Wohlgefallen.

Der Mann bemerkte, dass wir ihn musterten. Er nahm einen tiefen Schluck aus seinem Glas und sprach mich dann entschuldigend an: "Verzeihe mir Bruder, dass ich mit meinem Reden Unruhe in diesen Wigwam bringe. Mit meiner Squaw ritt ich um den See, um hier die Sonne sinken zu sehen. Ich werde bald in mein Dorf zurückkehren, das auf der anderen Seite des großen Wassers liegt."

Wenn ich kein Spielverderber sein wollte, musste ich auf seine Art eingehen und im gleichen indianischen Kauderwelsch antworten: "Der Häuptling ist willkommen", sagte ich. "Manitu will, dass alle roten Männer Brüder sind." Diese Antwort hatte er nicht erwartet.

Ein sympathisches Lächeln lief über sein Gesicht und in seinen Worten spürte ich die Freude, dass er einen Gesprächspartner gefunden hatte, der ihm mit gleicher Münze zurückzahlte. "Oh, roter Bruder, Deine Worte klingen wie die Trommeln des Tanzes und der Freude in meinen Ohren. Nenne mir Deinen Namen, damit ich ihn in meinem Dorf jenseits des großen Wassers verkünden kann." Diese Frage brachte mich in Verlegenheit, denn mein richtiger Name passte nicht in unser Wortspiel. In der Not griff ich auf den Indianernamen meiner Knabenjahre zurück und antwortete: "Sage Deinen roten Brüdern, dass Dir 'Graue Socke' begegnete und im Kampf gegen das Feuerwasser ein guter Gefährte war. Nun lasse uns die Pfeife des Friedens rauchen und einigen Flaschen die Skalpe von den Köpfen ziehen."

Dieses Gespräch war der Anfang einer sehr netten Bekanntschaft und der Riese gefiel mir mit jedem Glas Feuerwasser besser. Auch unsere Damen unterhielten sich angeregt und schienen sich gut zu verstehen. Wir tranken hart und die Sonne war schon lange gesunken, als der Häuptling mit seiner Squaw wieder heimwärts ritt. Beim Abschied gab er mir seine Visitenkarte, die ich ungelesen in meine Tasche schob. Evelyn wollte noch einen allerletzten Drink, dann verließen auch wir die Bar. Arm in Arm stiegen wir die Treppe zu unseren Zimmern hinauf. Vor ihrer Tür gab mir Evelyn die Hand, sah mich müde an und sagte: "Gute Nacht, Billy. Es war ein wunderschöner Abend."

"Gute Nacht und schlafen Sie gut Evelyn. Die ersten vierundzwanzig Stunden sind vorüber und mein Erfolg ist gleich null." Sie senkte leicht den Kopf. "Sind Sie sich dessen ganz sicher, Billy?" Dann zog sie die Zimmertür hinter sich zu und ich sah, dass sie den Schlüssel von innen in das Schloss schob, denn sein Schaft ragte nun fast einen Inch aus der Tür heraus.

Das Fenster in meinem Zimmer stand weit offen und ein würziger Geruch von Wasser und Wald war im Raum. Ich nahm ein Bad und kuschelte mich danach in das blütenweiße Bett. Ein schöner Abend war vorüber. Ganz ungewollt hatte ich mit Evelyn dieses nette Ehepaar kennengelernt und aus der Bekanntschaft war fast eine Freundschaft entstanden. Schade, dass ich den richtigen Namen des Häuptlings nicht kannte, durch die indianische Rederei wurde eine normale Vorstellung völlig versäumt. Ich konnte nicht einschlafen, stieg wieder aus der Koje und kramte in meiner Jackentasche nach Zigaretten. Dabei kam mir die vergessene Visitenkarte des Häuptlings zwischen die Finger, ich las und stutzte.

Joel Richards
Ermittlungen

Nur diese Worte waren gedruckt. Auf die Rückseite hatte Richards seine derzeitige Adresse geschrieben. Kurhotel, Green at Sea Demnach waren Richards und ich von der gleichen Fakultät und mir kamen Zweifel, ob unser Treffen in der Bar unter diesen Umständen wirklich rein zufällig war.

Ich wickelte mich in meinen Bademantel und zog mir einen Sessel ans Fenster. Der Strand lag in nächtlicher Ruhe und das leichte Schlagen der kleinen Wellen war deutlich zu hören. Ein harmonisches Bild. Dennoch erfasste mein Unterbewusstsein eine Unregelmäßigkeit, die diese Harmonie störte. Ich registrierte zwar diese Tatsache, konnte mir aber den unwillkürlichen optischen Eindruck nicht realistisch verständlich machen.

Der Strand vor dem 'Silverbird' lag sauber und geharkt im fahlen Licht des Mondes; vor dem 'Memory' sah es ebenso aus. Und plötzlich erfasste ich das Störende. Der Strand vor dem Hotel 'Moonlight' war nicht geharkt. Der Sand, von den Füßen der Badegäste zerwühlt, machte einen leicht verwahrlosten Eindruck, der nicht zu der Sauberkeit und Ordnung vor den anderen Hotels passte. Die Tatsache, dass der Strand des 'Moonlight' nachts ungeharkt blieb, konnte in Verbindung mit dem Mord an Simone Barth ein wichtiger Fingerzeig sein.

Warum war der Polizei dieser Umstand nicht aufgefallen?

Angenommen, der Mörder hätte im 'Moonlight' gewohnt. Wenn er in der Mordnacht über den zerwühlten Strand gegangen war und ins Wasser stieg, konnte niemand unter den tausenden anderer Fußspuren seine Abdrücke finden. Das wäre für ihn ein kurzer und gefahrloser Weg zu dem vereinbarten Treffpunkt mit der Barth gewesen.

Diese Entdeckung passte genau in die Kombination, die ich mir am Abend in der Bar zusammengehäkelt hatte. Für einen Hotelgast war es nicht schwer, in der Nacht das Hotel auf leisen Sohlen zu verlassen, das hatte selbst Simone Barth geschafft. Den Abschluss des Zaunes, der das 'Moonlight' vom 'Silverbird' trennte, bildet ein sehr solid aussehender Zementpfosten, der acht oder zehn Yards vom Ufer entfernt im See stand. Diesen Pfosten musste der Mörder umgehen, wenn er zum 'Silverbird' herüber wollte.

Er musste also in das Wasser und er wollte es auch, denn dadurch gab es von ihm keine Spuren im Sand. Diese Erwägungen reizten mich zum Nachdenken. Ich sah durch die neuen Aspekte eine Möglichkeit Ansatzpunkte zu finden, um hier wenigstens einen kleinen Schritt voranzukommen.

Wie würde wohl der Mörder das Treffen mit der Barth vorbereitet haben? Was trug er für Kleidung?
Angenommen, er hätte Badekleidung getragen, wie musste er sich verhalten, wenn ihm jemand begegnet wäre?

Er konnte vorgeben, nachts schwimmen gehen zu wollen. Viele Leute tun das sehr gern; es ist ungewöhnlich, aber durchaus nicht verdächtig. Doch die Badehose allein durfte er nicht tragen. Er wollte einen Mord begehen und musste seine Waffe, den Dolch, verbergen. Wenn er sich einen Bademantel überzog, konnte er zwar die Waffe leicht verstecken, aber seine Bewegungsfreiheit in dem weiten fußlangen Mantel wurde stark behindert.

Wie sah es aus, wenn etwas nicht ganz programmgemäß verlief?

Eine etwaige Flucht im Bademantel war beschwerlich und immer verdächtig. Dabei galt es noch zu bedenken, dass es in der Mitte des Monates Juni schon gegen 4.00 Uhr hell wurde.

Nein, Badekleidung war für ihn unmöglich. Es gab für den Mörder nur eine Möglichkeit: er musste das Hotel in voller Straßenkleidung verlassen. Wenn er jemanden traf, so konnte er über Schlaflosigkeit klagen und einen Spaziergang vortäuschen. Allerdings musste er durch das Wasser waten. Doch was lag ihm schon daran, wenn Schuhe und Strümpfe Nass wurden oder die Aufschläge seiner Hosen bespritzten. Es war Sommer und selbst in seinem Zimmer trockneten diese Sachen in kürzester Zeit. In einem unvorhergesehenen Fall konnte er in dieser Garderobe ohne Schwierigkeiten eine Flucht wagen.

Wie mochte es weiter gewesen sein?

Er trifft Simone Barth am Strand des Hotel 'Silverbird'. Sie kommt ohne Misstrauen direkt zu ihm ans Wasser heran und begrüßt ihn. Aber er hat es eilig, er darf sich nicht lange am Strand zeigen, die Möglichkeit mit ihr gesehen zu werden, besteht immerhin. Er stößt ihr also ohne zu zögern den Dolch in die Brust, zieht ihn aus der Wunde und wirft ihn weit in den See.
Nein, das hatte er bestimmt nicht getan, denn dreißig Yards in den See hinein war das Wasser nur fußtief und hatte bis zu siebzig Yards noch viele Untiefen. Wenn er zu kurz war oder er hatte Pech und der Dolch fiel in eine Untiefe, konnte die Mordwaffe leicht gefunden werden.

Eine andere Möglichkeit.
Er verbarg den Dolch nach der Tat wieder in seiner Kleidung.
Das war gefährlich, denn Blut hinterlässt Flecken und durch solche wurde schon mancher Mörder überführt. Auch löste das sein Problem nicht. Die Mordwaffe

musste verschwinden. Wenn er sie mit in das Hotel nahm, konnten zu viele Komplikationen auftreten. Wenn er aber das Blut nach der Tat abgewaschen hatte, um sich nicht zu beschmutzen?

Das hätte Zeit gekostet, denn Blut ist ein zäher Saft. Er hatte einen Mord begangen und musste so schnell wie möglich vom Tatort weg. Jeder längere Aufenthalt konnte für ihn gefährlich werden. Hätte er dennoch so gehandelt, stand er danach wieder vor dem gleichen Problem, die Mordwaffe verstecken zu müssen.

Mir wirbelten die Gedanken wild durch den Kopf. Ich überdachte alles noch einmal bis in die kleinsten Details, verwarf vieles und fand dafür neue Wege. Immer wieder überlegte ich, wie sich der Mörder verhalten haben könnte und langsam zeichnete sich das Wahrscheinlichste ab.
Es gab für die Mordwaffe nur ein sicheres Versteck. Der Mörder musste sie nach der Tat tief in den Sand des Strandes stoßen. Doch nicht direkt am Tatort und auch nicht am freien Strand, denn da würde die Polizei mit ihren Geräten suchen. Da spielten Kinder und Erwachsene im Sand und wie leicht konnten die beim Schaufeln auf den Dolch stoßen. Selbst im seichten Wasser war er diesen Zufällen ausgesetzt. Der Mörder musste ganz auf Nummer sicher gehen. Ich versuchte mich in seine Gedanken hinein zu versetzen, führte die Tat im Geist selbst aus und quälte mich durch alle möglichen Kombinationen. Erst als mein Blick zufällig auf den Zementpfosten fiel, der die Abzäunung

beschloss, kam mir die Erleuchtung. Es war ganz klar und konnte nicht anders sein.

Der Mörder behält nach der Tat den Dolch in der Hand und watet schnell zurück zum Zaun. Als er den Zementpfosten erreicht, stößt er die Mordwaffe direkt an dessen Fundament tief in den Sand. Im fußtiefen Wasser schaufelte bestimmt niemand und wenn es Kinder an dieser Stelle tun sollten würde man sie fortjagen, weil jeder um die Standfestigkeit des Pfostens besorgt wäre. Selbst die Polizei schien mit ihren Suchgeräten nicht nahe genug an das im Wasser stehende Stück Zaun herangegangen zu sein, denn sonst hätten die Beamten nicht vergebens nach der Mordwaffe gesucht.

Drei Uhr und fünfzehn Minuten.

Ich musste hinunter an den See und mir Gewissheit verschaffen, ob meine Überlegung richtig war. Hastig zog ich die Badehose über, schob meinen Dietrich in den Hosenbund und schlich aus dem Zimmer. Leise lief ich durch den spärlich erleuchteten Flur bis zur Treppe. Im Haus war alles still, nur ein Schnarcher hinter der Tür von Zimmer 12 dokumentierte mit seinem Gerassel, dass alle vernünftigen Leute um drei Uhr früh schlafend im Bett liegen. Dicht am Geländer stieg ich die Stufen hinunter. Der dicke Teppichbelag dämpfte jedes Geräusch und lautlos wie ein Geist durchquerte ich die Halle. In der Dunkelheit wirkte der Raum unwirklich und schemenhaft. Dass es hier keinen Nachtportier gab kam mir sehr gelegen. Urlauber reisen nur selten in der Nacht an und deshalb verzichtete man wohl auf einen zusätzlichen Gehaltsempfänger. Im Terrassenzimmer verweilte ich kurz an unserem Tisch. Hier hatte ich vor knapp zwölf Stunden mit Evelyn Tee getrunken. Ein schönes Töchterchen hatte der alte Baltimore, das musste man dem Brummbär bestätigen.

Mit allerlei konfusen Gedanken im Kopf erreichte ich die Tür zum Strand. Sie war verschlossen. Vielleicht blieb sie nur offen, wenn noch Gäste in der Bar zechten. In der Mordnacht war das so.

Trotz aller Vorsicht gelang es mir nicht, das Schloss ohne Geräusch zu öffnen. Lauschend blieb ich stehen. Alles war still, nur ein Möbel knarrte irgendwo im Raum. Auf der Terrasse tastete ich mich bis zur Hausecke und lief dann dicht am Maschendraht hinunter zum See. Die letzten 10 Yards zu dem Pfosten musste ich durch das Wasser waten, das mir tatsächlich nur bis an die Fußgelenke reichte. Ich sah mich noch einmal um, der Strand und die Hotels lagen im tiefen Dunkel hinter mir und nichts rührte sich.

Das Graben im seichten Wasser war hart. Als ich den lockeren Sand um den Pfosten herum zur Seite gewühlt hatte, stieß ich auf festen lehmigen Grund. Ich fluchte leise über den rauen Zement des Pfostens, an dem ich mir die Haut von den Händen riss und nannte mich selbst einen Idioten, weil ich vergessen hatte mir einen

Gegenstand zu beschaffen, der mir das Graben etwas erleichtert hätte.

Pause.

30 Zoll tief war das Fundament rund um den Pfosten aufgewühlt. Mir kamen Zweifel an der Richtigkeit meiner Überlegungen. Nur in einer Bar oder am Fenster sitzen und nachdenken war vielleicht doch zu wenig, um eine Mordwaffe zu finden, nach der die Polizei schon erfolglos gesucht hatte. Wenn der Mörder den Dolch wirklich hier in den Boden gestoßen hatte, musste er ihn noch mit dem Schuh eingestampft haben. Im kühlen Wasser wurden meine Beine steif. Trotz aller Bedenken scharrte ich weiter. 10 Zoll tief wollte ich noch graben und wenn das ohne Erfolg blieb, die sinnlose Buddelei aufgeben. Meine klammen Finger spürten einen leichten Widerstand. Ich konzentrierte mich ganz auf diese eine Stelle im Lehm und scharrte emsig wie ein Maulwurf. Die Hoffnung gab mir neue Kraft und die hatte ich nötig, denn die Mordwaffe ließ sich nur sehr schwer aus ihrem Versteck ziehen.

Mit mir und der Welt zufrieden, schob ich den ganzen Dreck wieder in das aufgewühlte Fundament zurück, verteilte den Sand und stampfte das ganze fest. Die Dünung würde die letzten Spuren verwaschen. Es dämmerte schon, als ich wieder an der Hausecke stand und meine steifen Glieder streckte. Jetzt musste ich nur noch bis zur Terrasse schleichen, durch die Halle, die Treppe hinauf und dann war meine Expedition beendet.

Ich sah auf meine Armbanduhr und hörte das leise Husten vor dem Hotel 'Moonlight' genau in dem Augenblick als ich feststellte, dass sie auf vier Uhr und fünf Minuten zeigte.

Nun knarrte drüben eine Tür, ich starrte in die Dämmerung und konnte nur die Umrisse des Hauses erkennen. Die Schritte hinter mir hörte ich zu spät.

Als ich die Augen öffnete blendete mich die aufgehende Sonne. Ich lag noch an der Hausecke und war allein. In meinem Kopf wählte ein Bienenvolk seine Königin und an meine Arme und Beine erinnerte ich mir nur, weil ich sie rein zufällig bei mir herumliegen sah. Eine unanständig große Beule über dem rechten Ohr ließ in mir die vage Vermutung aufkeimen, dass mir ein Gentleman die Frisur poliert hatte. Er musste leise und schnell gearbeitet haben, denn ich wurde seinem Angriff so überrascht, dass ich nicht einmal wusste, ob er hässlich oder hübsch war. Aber ehrlich war der Gentleman nicht, er hatte mich bestohlen. Mein schöner Dolch war verschwunden.

Der Gedanke an die Mordwaffe riss mich aus meinem Dämmerzustand. 5 Uhr 20. Verdammter Mist, die ganze Wühlerei war umsonst. Auf Händen und Füßen kroch ich zur Terrassentür. In der Halle tummelte sich das Putzgeschwader, doch an dem mogelte ich mich vorbei und kam ungesehen auf mein Zimmer.

Auf meinem Nachttisch klingelte das Telefon und schreckte mich mit seinem Gebimmel aus dem Schlaf.

Mühsam hob ich den Hörer ab, stellte fest, dass es schon nach 18.00 Uhr war und hörte Evelyn. "Hallo, Billy, Sie Murmeltier. Schon zweimal habe ich allein am Tisch sitzen müssen. Lunch und Dinner sind längst vorüber und Sie schlafen immer noch. Machen Sie eine Schlankheitskur?"

"Wo sind Sie jetzt, Evelyn?" "In der Halle. Warum?"

"Hat jemand nach mir gefragt?" "Nur Mister Howard fragte mich, ob ich heute Strohwitwe sei. Sonst hat sich niemand für Sie interessiert."

"Hören Sie gut zu, Evelyn und erschrecken Sie nicht, denn es kann sein, dass man Sie beobachtet. Ich hatte Schwierigkeiten und brauche Schmerztabletten. Besorgen Sie mir bitte eine Packung und bringen Sie mir das Zeug möglichst ungesehen auf mein Zimmer. Wenn noch jemand nach mir fragt, sagen Sie, ich sei ein chronischer Langschläfer und würde den ersten Urlaubstag meistens im Bett verbringen. Und Vorsicht, man weiß, dass sie mit mir hier angekommen sind und vermutet eventuell meine Mitarbeiterin in Ihnen. Geben Sie acht und beeilen Sie sich bitte."

"In Ordnung, Billy. Schlafen Sie ruhig weiter. Ich mache noch einen kleinen Abendbummel und werde mich dann auch niederlegen."

Donnerwetter, das Mädchen konnte schnell schalten. Aufgrund der Antwort war anzu-nehmen, dass jemand in ihrer Nähe stand und mithören konnte.

Ich wollte aus dem Bett klettern, gab aber den Versuch sofort wieder auf, weil ich das Gefühl hatte, mein Kopf würde beim Aufstehen abreißen und auf dem Kissen liegen bleiben. Mich befiel eine bleierne Müdigkeit und ich muss eingeschlafen sein, denn als ich durch ein Geräusch erwachte stand Evelyn im Zimmer. "Mein Klopfen haben Sie nicht gehört und die Tür war nicht abgeschlossen, deshalb konnte ich ungehindert herein kommen."

Ich bekam Gänsehaut. Den ganzen Tag hatte ich bei unverschlossener Tür geschlafen; war ich denn lebensmüde? "Haben Sie die Tabletten, Evelyn?" Sie nickte nur, verschwand im Bad und kam mit einem Glas Wasser zurück. Ich schluckte gleich vier von den Dingern und konnte dabei nicht vermeiden, dass sie meine zerschundenen Hände sah. "Mein Gott, was haben Sie denn angestellt", fragte sie entsetzt.

Ich wollte kein großes Palaver veranstalten und sagte ihr, dass ich im Sand gespielt hätte. Aber der Scherz zog nicht; sie entdeckte die Verletzung hinter meinem Ohr. Ich bekam ein nasses Handtuch auf die Beule. Dann setzte sie sich zu mir auf das Bett und begann meine Hände einzucremen. "Wenn Du mir jetzt noch ein Wiegenlied singst, werde ich vor Freude strampeln und Mama schreien."

Dass ich unbewusst 'Du' zu ihr gesagt hatte wurde mir erst klar, als sie mich erstaunt und lächelnd ansah. Ich überspielte die heikle Situation mit einer Frage: "Wer war vorhin, als wir telefonierten in Deiner Nähe?"

"Der Barkeeper aus unserer Hotel-Bar. Warum fragst Du?" Sie gab mir mein 'Du' zurück. Ich war froh, aber ich wollte nicht vom Thema abkommen.

"Was wollte er? Hattest Du den Eindruck, dass er unbedingt da sein musste?" Sie überlegte erst bevor sie antwortete: "Der Barkeeper trat an die Rezeption und blätterte im Gästebuch. Es sah nicht so aus, als ob er etwas Bestimmtes darin suchte. Du hattest mich gewarnt und deshalb gab ich Dir eine unverfängliche Antwort, weil er mich hören konnte. Billy, ich bitte Dich, hab Vertrauen zu mir. Ich weiß von Daddy, dass hier vor einigen Wochen ein Mädchen ermordet wurde. Ich weiß auch, dass Du ihren Mörder suchst. Du sagtest doch schon am Telefon, dass ich für Deine Gegner jetzt verdächtig bin, weil ich mit Dir zusammen hier ankam. Also, kläre mich bitte auf und lass mich nicht herumrätseln."

Vielleicht war es tatsächlich gut ihr alles zu sagen, damit sie vorsichtig wurde. Inspektor Baltimore würde mir den Kragen umdrehen, wenn seiner geliebten Tochter etwas passierte.

"Gut, Evelyn, ich werde Dir sagen, was hier gespielt wird. Es ist ein gefährliches Spiel und ich befürchte, wir werden sehr bald wieder einen Beweis dafür bekommen. Ich habe in der vergangenen Nacht den Dolch gefunden, mit dem Simone Barth erstochen wurde. Bevor ich die Mordwaffe in Sicherheit bringen konnte, hat man mich niedergeschlagen und das Beweisstück wieder verschwinden lassen. Ich weiß nicht wer es war und wie man mich entdecken konnte. Es kann der Mörder selbst gewesen sein oder jemand, der mit in der Sache drin steckt. Das Auffinden der Mordwaffe hat den Mörder oder seine Komplizen in die Enge getrieben. Er muss annehmen, dass ich den Dolch nur finden konnte, weil ich sehr viel über den Mord weiß."

"Weißt Du denn wirklich so viel?"

"Nein. Ich habe einige Theorien, aber die sind noch nicht fundamentiert. Nachdem der Kerl heute Morgen wahrscheinlich glaubte, mich erschlagen zu haben und die Mordwaffe wieder in seinem Besitz war, schienen seine Probleme gelöst zu sein. Jetzt weiß er bestimmt, dass ich lebe und damit ist die Gefahr für ihn noch größer geworden, denn ich könnte ihn, bevor ich ohnmächtig wurde, erkannt haben. Nach seiner Meinung muss ich schwer angeschlagen sein und deshalb nimmt er an, dass ich heute noch nichts gegen ihn unternehmen konnte. Du zählst in seinen Augen als meine eingeweihte Mitarbeiterin und bist für ihn genauso gefährlich wie ich. Er hat uns bestimmt überwacht und weiß, dass wir nur einmal zusammen telefonierten, keine Post verschickten und keine Besuche empfangen haben. Folglich blieb das Wissen über ihn und den Mord heute noch auf uns begrenzt. Morgen könnten wir schon die Polizei oder andere Personen informieren und dann ist es zu spät für ihn. Also bleibt ihm keine andere Wahl als uns heute Nacht auszuschalten. Und darum ist es mir verdammt mulmig, Evelyn."

"Das klingt sehr logisch, Billy. Aber wie sollen wir uns verhalten?" Ihre Stimme zitterte leicht.

"Bleib bei mir im Zimmer. Nimm den Revolver aus meinem Koffer und sperre die Tür ab. Schalte kein Licht ein und wenn ich einschlafen sollte, wecke mich wenn es ruhig im Haus wird; spätestens aber um zwei Uhr." Ich beobachtete noch eine Weile, wie sie meine Anweisungen befolgte und schlief dann ein.

Ich schreckte auf. Evelyn hatte mich geweckt und flüsterte leise: "Ich glaube, jetzt musst Du wach bleiben. Es ist zwei Uhr und im Haus ist alles still."

Durch das geschlossene Fenster fiel fahles Mondlicht ins Zimmer und ich sah Evelyn wie einen Schatten bei mir am Bett stehen. "Hilf mir bitte. Ich muss meinen Kopf höher legen." Mit mütterlicher Behutsamkeit erfüllte sie meinen Wunsch. Jetzt konnte ich die verschwommenen Umrisse der Tür erkennen. Wir sprachen nicht mehr. Bald musste die Entscheidung fallen. Langsam verstrich die Zeit und zerrte an den Nerven.

3 Uhr vierzig war es soweit.

Das Geräusch kam von der Tür. Es war so fein und leise, dass ich es nur wahrnahm, weil meine Sinne bis zum Äußersten angespannt waren. Durch die Tür konnte er doch nicht kommen. Sie war abgeschlossen und der Schlüssel steckte von innen im Schloss. Evelyn saß wie aus Stein gehauen in einem Sessel, auch sie musste etwas gehört haben. Ich gab ihr ein Zeichen und deutete auf den Revolver. Sie verstand sofort und reichte mir Waffe. Die Griffschalen waren feucht von ihren Händen. Ich lag auf dem Rücken und zog die Beine zum Körper, damit ich die Hand mit dem Revolver auf mein Knie stützen konnte. Im Liegen und bei dem schlechten Licht war es schwer sicher zu zielen. Es durfte kein Fehlschuss werden. Evelyn musste aus dem Sessel heraus. Ich zeigte immer wieder auf den Boden, aber die konzentrierte ihre ganze Aufmerksamkeit hin zur Tür und beachtete meine Gesten nicht. Endlich sah sie es doch und kroch wie eine Raubkatze auf die Tür abgewandte Seite von meinem Bett.

Ich starrte auf die Tür. Es konnte keine Täuschung sein; der Schlüssel drehte sich langsam im Schloss. Wie war das möglich? Nicht das kleinste Geräusch war mehr zu vernehmen und doch drehte sich der Schlüssel immer weiter. Nun bewegte sich die Türklinke nach unten. Jetzt wurde es ernst. Ich umklammerte den Revolver so fest, dass mir die Hand schmerzte. Aufreizend langsam schob er sich durch die Tür. Den Gegenstand in seiner Hand konnte ich nicht genau erkenne, aber bestimmt war es ein Dolch. Wie ein Schatten schlich er sich an mein Bett heran; schon war er mitten im Zimmer. Ich zielte mit der Ruhe der Verzweiflung genau in die Mitte seines Körpers und wollte bei seinem nächsten Schritt schießen. Plötzlich schnellte Evelyn vom Boden auf, riss mir den Revolver aus der Hand und fiel über mein Bett.

Ich war völlig verwirrt, wusste nicht wie ich reagieren sollte und starrte ins Dunkel. Der Schatten war verschwunden, nur die halboffene Tür zeugte davon, dass ich nicht geträumt hatte.

Evelyn lag auf meinem Bett und schluchzte haltlos. Ich strich ihr über den Kopf und zog sie behutsam hoch. "Komm Mädchen, schließ die Tür und schalte das Licht ein." Mechanisch erfüllte sie meinen Wunsch, kam zum Bett zurück und setzte sich. In ihren Augen stand noch das Erleben der letzten Minuten. "Es war schrecklich, Billy. Ich sah unter dem Bett hindurch seine Füße. Dich hörte ich tief und ruhig atmen und glaubte, Du wärst wieder eingeschlafen. Er kam immer näher und plötzlich hatte ich keine Angst mehr. Ich wollte Deinen Revolver nehmen und schießen, da glitt mir der Bettvorleger unter den Füßen weg und warf mich um." Sie erschauerte und Tränen liefen über ihr Gesicht. Die Nervenbelastung war zu groß für sie. "Du musst weiter tapfer sein, Evelyn." Sie sah mich erschrocken an und fragte leise: "Glaubst Du, dass er noch einmal kommt?" "Du kannst ganz sicher sein, Mädchen. Der Kerl weiß, dass er seine Chance verpasst hat."

Sie stand auf, trocknete ihre Tränen und ging zum Fenster. Mit einem leisen Aufschrei prallte sie zurück. "Billy, da drüben am Strand vom 'Moonlight' ist ein Mann!" "Schnell, schalte das Licht ab." Sie rannte fast zum Schalter und lehnte sich verzweifelt an die Wand.

Es war 4 Uhr zehn; das Dunkel wurde lichter.

"Komm, Evelyn, geh zum Fenster und trete von der Seite heran. Und jetzt geh knapp an der Wand vorbei. Ist der Mann noch da?"

"Ja! Er läuft am Strand hin und her, von einem Zaun zum anderen und immer parallel zum Wasser. Er zieht etwas hinter sich her. Jetzt kann ich es erkennen. Es ist ein Rechen, eine Harke." Sie drehte sich vom Fenster ab und sagte aufatmend: "Gott sei Dank, der ist harmlos, Billy, er harkt nur den Strand." War der Mann wirklich harmlos?

Ich wusste, dass der Arbeitsrhythmus in einem Hotel jeden Tag fast planmäßig abläuft. Soweit das die täglich anfallenden Arbeiten betraf, wurde dies überall so gehandhabt. Hier war es scheinbar so, dass das Hotel 'Moonlight' seinen Strand am frühen Morgen harken ließ, während dies die anderen Hotels am späten Abend besorgten. Gestern Morgen, als ich das Husten vom 'Moonlight' zu mir herüber hörte, hatte ich auf die Uhr gesehen. Das war 4 Uhr und fünf Minuten, fast die gleiche Zeit zu der Evelyn den Mann mit der Harke vorhin das erste Mal sah. Folglich harkte er jeden Morgen um diese Zeit den Strand. Warum hatte der Bursche dann Simone Barth und auch mich nicht am Strand des 'Silverbird' liegen sehen?

Die Barth wurde zwischen 2.00 und 2.30 Uhr ermordet und lag bis 5.00 Uhr tot im Sand. Ich war nur halbtot, nachdem ich gestern um 4 Uhr fünf niedergeschlagen wurde und kam um 5 Uhr zwanzig wieder zu mir.

Natürlich hatte ich in meinem Zustand nicht darauf geachtet, dass der Strand des 'Moonlight' während meiner Ohnmacht geharkt worden war. Seine Arbeit musste der Mann zu diesem Zeitpunkt schon beendet haben, denn ich sah bei meinem Erwachen keinen Menschen am Strand. Eines stand jedoch fest. Der Mann mit der Harke konnte mich nicht überfallen haben. Die Zeitspanne zwischen dem Husten am 'Moonlight' und dem Schlag auf meinen Kopf war zu kurz. "Er ist fertig mit dem Harken", sagte Evelyn am Fenster und ließ sich einen Sessel fallen. Es war 4 Uhr fünfundvierzig. Ich konnte also annehmen, dass der Mann seine Arbeit jeden Tag etwa zu dieser Zeit beendete.

Digby Salter fand die Tote Simone Barth gegen 5.00 Uhr. Ich kehrte 5 Uhr zwanzig aus dem Land der Träume zurück. Weder Salter noch ich konnten demnach den Mann bei seiner Arbeit sehen. Immer war der Strand des 'Moonlight' zu dieser Zeit schon geharkt. Die Polizei traf am 17. Juni früh um 7 Uhr vierzig am Tatort ein. Auch die Beamten fanden einen geharkten Strand vor, sie konnten nicht wissen, dass die Arbeit erst nach dem Mord an der Barth ausgeführt wurde. Damit war dem alten Baltimore ein dicker Fisch durch die Maschen geschlüpft. Dem Personal der drei Hotels war diese unterschiedliche Arbeitseinteilung bestimmt bekannt. Da es sich aber um eine ganz alltägliche Sache handelte, legte man diesem Umstand keinerlei Bedeutung bei. Man dachte einfach nicht daran.

Inzwischen war es Tag geworden, die Nacht hatte ihre Schrecken verloren. "Evelyn, gehe in Dein Zimmer und lege Dich aufs Ohr. Niemand wird Deinen Schlummer stören. Die Mörder sind müde." "Ja, ich gehe. Mir fallen vor Müdigkeit fast die Augen zu." "Noch einen Augenblick, Miss Baltimore. Ich möchte mich für Deine persönliche und berufliche Hilfe bedanken."

"Über das persönliche brauchen wir doch wohl keine Worte zu verlieren. Aber was heißt berufliche Hilfe?" "Du hast tatkräftig an der Aufklärung eines Mordes mit gearbeitet." "Lass doch jetzt Deine Scherze, Billy." "Das ist kein Scherz, Mädchen. Du hast zwei verdächtige Personen gefunden. Einen Barkeeper, der sich für Deine Telefonate interessiert und einen Mann mit einer Harke, der weder Tote noch Bewusstlose am Strand liegen sieht."

"Das ist für mich zu hoch. Ich habe Dir doch nur ganz unbewusst gesagt, was ich gesehen habe."

"Sehe weiter so vieles unbewusst und Du wirst mir eine unersetzliche Mitarbeiterin sein. Von anderen Dingen ganz zu schweigen."

"Wenn das so ist, kann ich Dir noch etwas sagen. Der Eindringling von heute Nacht setzte die rechte Fußspitze auffällig weit nach innen. Ich sah es sehr genau unter Deinem Bett hindurch, als er auf Dich zu schlich. Good Night, Billy."

Ich wälzte mich auf die Seite und schlief sofort ein. Ich träumte von duftenden Blumen, die bunt auf einer Wiese blühten und lag wohlig in den Gräsern. Schmetterlinge umgaukelten mich und ein hübsches

Mädchen küsste meine Stirn. Dieser Kuss ließ meinen Traum zerrinnen. Ich wachte auf und sah Evelyn über mich gebeugt am Bett stehen. Hastig richtete sie sich auf und bekam einen Hauch Purpur ins Gesicht. Frisch und sauber war sie, wie die Blumen auf meiner Traumwiese. Von der durchwachten Nacht war ihr nichts anzusehen. Ihren Pullover hatte ein Bildhauer gestrickt und die schicke Hose war ein Grund dafür, die Augen niederzuschlagen.

"Good Morning, Sir. Ich wünsche wohl geruht zu haben", sagte sie und ein wenig Verlegenheit war in ihrer Stimme.
"Good Morning, Mylady. Was treibt Sie in mein Gemach?"
"Hoch steht die Sonne, Sir und die Sklaven richten das Mahl." Sie war zum Fressen.

"Genug geschwätzt, Billy. Es ist 14 Uhr und ich glaube, es ist Zeit, dass Du etwas isst. Wie fühlst Du Dich?" Ich fühlte mich gut in Form und ich sagte ihr das auch: "Onkel Billy wird jetzt ein heißes Bad nehmen und seine ersten Gehversuche machen. Meine eisenharte Konstitution schreit nach Bewährung."
"Übernehme Dich bitte nicht. Ich habe Mister Howard gebeten, Dir ein kräftiges Essen auf das Zimmer servieren zu lassen. In einer halben Stunde werden die dienstbaren Geister des Hauses hier erscheinen." "Du bist ein Engel, Mädchen." "Ich verschwinde jetzt, Billy. Wirst Du es allein schaffen?" "Warum fragst Du? Möchtest Du mir den Rücken bürsten?" Mit einer

komisch erschreckten Geste lief sie zur Tür. "Halt, Evelyn!"

"Bitte mich nicht, Billy. Den Rücken wäschst Du Dir allein." "Das ist es nicht. Ich möchte nicht allein essen." "Gut", sagte sie. "Ich werde Dich füttern." Als sie gegangen war, wälzte ich mich aus dem Bett.

Das Sitzen klappte schon prima. Mein Hausschuh hatte Evelyn heute Nacht, als sie in volle Deckung ging, wahrscheinlich unter das Bett gestoßen. Als ich mich suchend danach bückte glaubte ich mein Kopf würde sich oben öffnen. Aber der Deckel blieb zu. Das Bad wirkte Wunder und die Beule am Kopf war auch schon kleiner, so dachte ich jedenfalls.

Fertig angezogen fühlte ich mich fast wieder wie ein Mensch und nun interessierte es mich, wie der Kerl heute Nacht in das Zimmer kommen konnte.

Der Schlüssel steckte noch immer im Schloss. Neugierig öffnete ich die Zimmertür und sah hinaus. Auf der Außenseite der Tür ragte das Schlüsselende fast einen Inch aus den Beschlägen heraus. Diese Feststellung hatte ich schon am ersten Abend an Evelyns Tür gemacht und seitdem nicht mehr daran gedacht. An dem herausragenden Schlüsselschaft waren deutlich die Einkerbungen zweier Zangenbacken zu erkennen. Ich zog den Schlüssel aus dem Schloss und merkte zum ersten Mal, dass der Bart ungewöhnlich weit hinten am Schlüsselschaft angesetzt war. Jedes Kind konnte das aus der Tür herausstehende Schaftende mit einer Zange fassen und den Schlüssel im Schloss drehen Mein nächtlicher Besucher musste also nicht unbedingt ein gewiefter Einbrecher gewesen sein. Der Lift schnurrte herauf, Howard trat in den Flur und hinter ihm steuerte ein Kellner seinen Servierwagen in meine Richtung. Da ich annahm, dass dieser lukullische Transport für mich bestimmt war, stieß ich die Zimmertür weit auf und ließ die beiden Gents eintreten. Der Kellner ordnete Schüssel und Teller auf dem Tisch und rollte dann mit seinem Vehikel davon. Howard sah mich an. Ich hielt meine Hände auf dem Rücken verschränkt und zeigte ihm nur die unbeschädigte Seite meines lädierten Kopfes. Ich spürte, dass er Fragen stellen wollte und kam ihm zuvor.

"Mich interessieren Ihre eigenartigen Schlüssel, Mister Howard." Er war perplex. "Was meinen Sie mit eigenartig, Mister Hunter?" "Nun, es ist doch immerhin ungewöhnlich, dass die Schlüsselenden soweit aus den Schlössern herausragen, wie das hier bei Ihnen der Fall ist."
"Ach, das meinen Sie. Ja, das stimmt. Ich ließ vor vier Jahren mein Haus renovieren und dabei auch neue Türen einsetzen. Ein hier ansässiger Schlossermeister empfahl mir seine Erfindung, einen Schlüssel mit besonders langem Schaft. Er sollte angeblich eine bessere Führung im Schloss haben und deshalb leiser schließen. Es hat sich bis jetzt noch niemand darüber beklagt und ich selbst dachte schon fast nicht mehr daran. Warum fragen Sie, Mister Hunter?"
Er war völlig arglos, darum sagte ich so nebenher: "Es fiel mir nur auf. Einen bestimmten Grund hatte meine

Frage nicht." Er gab sich mit der Antwort zufrieden und wandte sich zur Tür. "Nun essen Sie aber, Mister Hunter, sonst wird das Menü kalt. Ich darf mich empfehlen und wünsche guten Appetit."

Als er das Zimmer verließ setzte er beide Füße ganz normal etwas nach außen. Auch der Kellner hatte mir nicht den Gefallen getan, durch einen besonderen Gang aufzufallen. Ich inhalierte schon genussvoll meine Verdauungszigarette, als Evelyn aufkreuzte. "Entschuldige, Billy! Ich musste lange auf mein Essen warten. Hat es Dir geschmeckt?"

"Was soll die Frage, Mädchen? Ich hatte Hunger wie ein Steppenwolf und sieh doch selbst, von diesen Resten verhungert eine Stubenfliege in kürzester Zeit."

"Ich war beunruhigt, Billy. Vorhin beim Essen kam mir plötzlich der Gedanke, das Gift drin sein könnte." Sie war wirklich unruhig und ich versuchte sie zu trösten. "Schon der alte Sherlock Holmes war der Meinung, dass ein Gewaltverbrecher höchst selten Gift verwendet. Der Mann, der uns an den Kragen will, ist ein Gewaltverbrecher und er hat kein Gift am Lager. Deshalb können wir weiterhin mit gutem Appetit essen. Wenn er allerdings Gift zur Hand gehabt hätte, wäre es ihm ein leichtes gewesen unsere Speisen damit zu würzen, denn der Mann dürfte ein Angestellter oder ein Gast in diesem Haus sein."

"Wie kommst Du darauf, Billy?" "Weil der Mann wusste, dass er nur eine einfache Zange braucht um hier eine Zimmertür zu öffnen. Wäre er ein Fremder und nicht mit den Verhältnissen des 'Silverbird' vertraut, hätte er einen Dietrich zu seinem Besuch in meinem Zimmer verwendet und keine Zange in der Tasche gehabt." Sie schüttelte heftig den Kopf. "Dietrich, Zange, ich verstehe den Zusammenhang nicht. Erkläre mir das bitte deutlicher." Also erzählte ich ihr das Märchen von den Schlüsseln, die einen zu langen Schaft hatten.

Später ließ ich mich mit dem Kurhotel in Green at Sea verbinden. Ich wollte Richards am Telefon um ein Treffen bitten, weil ich das Gefühl hatte, das unsere Arbeit einen gemeinsamen Ursprung haben könnte. Ich glaubte nicht daran, dass dieser Mann nur zu seinem Vergnügen hier war. Der Portier des Kurhotels meldete sich und antwortete auf meine Frage: "Mister Richards ging gestern gegen 18.00 Uhr aus dem Haus, er wollte mit seiner Gattin einen kurzen Abendspaziergang machen und bis zum Supper wieder hier sein. Bis jetzt ist das Ehepaar noch nicht zurückgekommen." Ich bedankte mich für die Auskunft und legte nachdenklich den Hörer auf die Gabel zurück. "Was ist los, Billy", fragte Evelyn. "Der Häuptling ist seit fast vierundzwanzig Stunden verschwunden. Ich muss sofort nach Green at Sea." Sie stand ganz nahe vor mir und sah mich bittend an. "Nimm mich mit, Billy."

Die Fahrt um den See war ein Erlebnis. Weiße Segel glänzten in der Sonne und das Rufen fröhlicher Menschen schallte weit über das Wasser. Keiner von den Urlaubern ahnte, dass hinter der Ferienkulisse ein Mörder gejagt wurde und Dinge geschahen, die manchen aus diesem Paradies vertrieben hätten. Die

Schönheit dieser Landschaft wäre dazu angetan gewesen den Anlass dieser Fahrt vergessen zu lassen, doch immer kreisten meine Gedanken um Richards Verschwinden.

Das Kurhotel in Green at Sea war ein feudaler Kasten. Wir ließen uns bei dem Chef melden und ein Boy führte uns in sein Büro. Hinter einem massigen Schreibtisch saß ein Mann, der einer Kugel verblüffend ähnlich sah. Er sprang von seinem Sessel, wurde dadurch noch kleiner und kam uns mit ausgestreckter Hand süßlich lächelnd entgegen. "Welcome, meine Herrschaften. Rinetti, ist mein Name. Nehmen Sie Platz. Darf ich Ihnen eine Erfrischung anbieten oder was kann ich sonst für Sie tun?"

"Mister Rinetti, das Ehepaar Richards ist Gast in Ihrem Haus und wurde seit gestern Abend nicht mehr gesehen. Ich bin mit Mister Richards gut bekannt und möchte mich um seinen Verbleib kümmern. Geben Sie mir bitte die Genehmigung, das Zimmer der Richards zu betreten, vielleicht findet sich dort ein Hinweis, wo sich das Ehepaar aufhält." Der Dicke schluckte erst, bevor er antwortete: "Das glaube ich nicht verantworten zu können, Mister Hunter."

"Sie glauben es aber verantworten zu können, die Suche nach dem Ehepaar unnötig zu verzögern, Mister Rinetti?" Er wand sich wie ein fetter Flussaal. "Nein, so ist das nicht. Aber es ist immerhin eine private Sphäre, in die Sie eindringen wollen und ich möchte keine Scherereien haben."

"Die Unannehmlichkeiten werden noch größer sein, wenn dem Ehepaar etwas zugestoßen ist und Sie eine Hilfeleistung verweigert haben." Er spielte nervös an seinen dicken Fingern. "Dann sehen Sie sich die Räume an, Mister Hunter. Aber ich möchte mit dieser Angelegenheit nichts mehr zu tun haben."

Die Richards bewohnten ein Appartement in der ersten Etage des Hauses. Die Vermutung, dass der Häuptling diesen Luxus nicht aus seiner eigenen Tasche bezahlte, sondern einen Auftrag ausführte und die Hotelrechnung auf die Spesenliste setzte, lag unter den gegebenen Umständen sehr nahe. Vielleicht hatte er seine Frau mit nach Green at Sea genommen, um als Urlauber zu erscheinen und dadurch unauffälliger arbeiten zu können. Zahlte aber ein Auftraggeber so enorm hohe Spesen, dann waren die Ermittlungen meist schwer und gefährlich. Wenn Richards hier jemanden gejagt hatte und der Gejagte fühlte sich von ihm auf den Schlips getreten, konnte die Sache dumm aussehen.

Ich suchte sehr gewissenhaft und fand dennoch nichts, was auf den Verbleib des Paares schließen ließ. Evelyn erwartete mich in der Halle und sah mir gespannt entgegen, als ich etwas ratlos zu ihr trat. "Was ist, Billy?" "Fehlanzeige. Komm mit in die Bar. Wir nehmen einen Drink und sprechen mit dem Barkeeper. Der Häuptling ist ein Freund von Feuerwasser, vielleicht ist diese Tour erfolgreicher."

In der eleganten Bar des Kurhotels tummelte sich ein versnobtes Publikum. Nur durch einen glücklichen Zufall ergatterte ich zwei freie Hocker an der riesigen Theke. Ich bestellte beim Barkeeper Gin und Martini, zündete mir eine Zigarette an und fragte Evelyn: "Du hast Dich doch mit Richards Frau recht gut verstanden. Über was habt Ihr Euch unterhalten, als wir in der Bar vom 'Silverbird' saßen?"

"Ach, das waren alles Dinge ohne Belang, Billy. Die Bekanntschaft war doch viel zu kurz, um schon tiefschürfende Gespräche zu führen. Von was sprechen Frauen in solchen Situationen; von Mode, von netten Bekannten und so weiter."

Ich grübelte vor mich hin, trank schon den vierten Gin und bemerkte danach erst, dass sich Evelyn offensichtlich langweilte. Sie fühlte sich in der überzüchteten Umgebung nicht wohl und die begehrlichen Blicke der Männer schienen ihre Laune immer mehr zu verderben. Der Gedanke, dass in der Unterhaltung von Evelyn und Richards Frau etwas gewesen sein konnte, was mir helfen würde, ließ mich nicht los.

"Hör mal, Mädchen. Habt ihr zwei Frauen in der Nacht nicht auch vom Urlaub gesprochen? Was man den ganzen Tag über treibt, wo man schon überall war und was man alles gesehen hat. Das sind doch Themen über die jeder gern spricht."

"Na ja, Richards Frau erzählte natürlich davon, dass sie mit ihrem Mann gern segelte und oft Spaziergänge machte. Von einigen Ausflugszielen war sie ganz begeistert. Da wäre zum Beispiel eine Quelle sagte sie, nicht weit vom Kurhotel entfernt, das sei ihr Lieblingsplätzchen. Sehr häufig würden sie dahin einen Abendspaziergang unternehmen. Billy, vielleicht sind die Zwei gestern Abend auch dahin gegangen." Sie war über diesen Gedanken tief erschrocken. Ich winkte dem Barkeeper. "Bitte sehr, Gentleman?" fragte er.

"Es soll in der Nähe des Hotels eine Quelle geben, die ich mir gern ansehen möchte. Können Sie mir den Weg dahin beschreiben?" "Selbstverständlich, Mister. Wenn Sie aus unserem Haus treten, gehen Sie die Uferstraße etwa dreihundert Yards nach links. Dort sehen Sie rechts einen Waldweg abzweigen, der führt direkt zur Quelle. Es ist sehr schön dort, aber sie wird trotzdem nur selten besucht." "Vielen Dank! Eine Frage habe ich noch. Kennen Sie Mister Richards?" "Aber ja, der große Mann mit dem indianischen Komplex. Wir haben schon viel über ihn gelacht. Er schwärmt übrigens auch von der Quelle, nach der Sie eben fragten."

"Wann haben Sie Mister Richards das letzte Mal gesehen?" "Gestern, kurz nach siebzehn Uhr kam er zu einem schnellen Drink in die Bar. Seitdem war er nicht wieder hier." "Sprach er mit Ihnen davon, was er am Abend unternehmen wollte?" "Er sagte mir nur, dass seine Frau sich umkleide und er in der Zwischenzeit schnell einen zur Brust nehmen möchte. Sie wollten gemeinsam einen Bummel machen."

Die ersten hundert Yards der Uferstraße gewährten noch einen herrlichen Blick auf den See, doch dann führte sie durch dichten Wald, der jede Aussicht unmöglich machte. Bald hatten wir die Stelle erreicht, wo der Weg zur Quelle abzweigte. Hier blieb Evelyn stehen und fragte: "Glaubst Du, dass wir in diesem Wald etwas finden?"

"Versuchen müssen wir es, Evelyn. Es scheinen einige Leute gewusst zu haben, dass die Richards gern an die Quelle gingen. Vielleicht sind die beiden in eine Falle gelaufen. Wir wollen auch den Wald links und rechts vom Weg absuchen." Der Waldweg endete auf einer kleinen Lichtung. Von Natursteinen malerisch eingefasst lag das Quellbecken glitzernd in der warmen Sonne. Ein würziger Kieferngeruch lag in der Luft und unterstrich die besinnliche Schönheit des Ortes. Evelyn setzte sich auf die Steine der Umrandung und wie ein Spiegel warf das klare Wasser das Bild ihres geneigten Kopfes zurück. Ich stand neben ihr und sah auf ihre braunen Locken, in denen die Sonne ein Feuerwerk abbrannte.

"Schön ist es hier, Billy. Ich habe das Gefühl meilenweit von allen Menschen entfernt zu sein. Es ist wie im Märchen. Man könnte glauben, dass eine gute Fee aus dem Wald treten müsste, um aus der Quelle Wasser zu schöpfen." Eine Fee kam nicht, aber ich konnte den ungeküssten Anblick des Mädchens nicht länger ertragen. Dann lagen wir glücklich im weichen Gras. Evelyn schmiegte ihren Kopf an meine Schulter und sah den ziehenden Wolken nach. Wir schwiegen und schwelgten in unserer Liebe. Ein Hund bellte uns in die raue Wirklichkeit zurück. "Ich habe Tiere sehr gern, Billy, aber diesen streunenden Kerl möchte ich mit einer Peitsche verjagen. Es war so unwirklich still hier und nun dieses heulende Gekläff. Hör nur, der hat bestimmt ein Stück Wild erwischt." Sie sah mich erwartungsvoll an und wollte meine Meinung über den ruhestörenden Köter hören. Ich hatte mich aufgerichtet und sah das Tier etwa hundert Yards von uns entfernt mit gesträubtem Nackenfell in ein Gebüsch hinein starren. "Was ist mit Dir, Billy?" "Ich fürchte wir werden jetzt starke Nerven brauchen. Bleib hier, ich werde nachsehen, was den Kläffer so aufregt." Als mich der Hund kommen hörte, strich er erschrocken davon.

Durch das dichte Laub des Unterholzes sah ich die Umrisse eines leblosen Körpers. Man musste die Leiche in den Strauch hinein geworfen haben, denn ich fand keinen Pfad um näher an den Toten heranzukommen. Ich bahnte mir mühsam einen Weg und stand vor dem toten Richards. Sie hatten in furchtbar zugerichtet. Sein Gesicht war völlig zerschlagen und im Rücken klaffte eine blutverkrustete Stichwunde durch das zerfetzte Hemd.
Plötzlich fiel ein Schatten über die verrenkte Leiche, ich fuhr herum und erkannte Evelyn. Sie stand vor dem Gebüsch und sah entsetzt auf den Toten. "Keine Panik, Evelyn! Ich brauche Dich jetzt dringend, behalte bitte einen klaren Kopf und hör mir zu. - Lauf zurück in den Ort, suche eine Telefonzelle und benachrichtige Scotland Yard. Rufe unbedingt von einer Zelle an, wir brauchen jetzt noch keine Zuhörer. In vier Stunden können die Beamten vom Yard hier sein, erwarte sie vor dem Kurhotel. Vielleicht ist Dein Vater im Dienst. Und jetzt lauf Mädel, ich bleibe hier bis die Polizei eintrifft."

Als ich allein war, suchte ich die Umgebung der Fundstelle ab. Es hatte lange nicht geregnet und der Waldboden war hart und ausgedörrt. So sehr ich meine Augen auch anstrengte, ich konnte keine verdächtigen Spuren finden, obwohl der Mörder bestimmt mit zwei oder drei anderen Gangstern hier gewesen sein musste. Ein Mann allein hätte den Riesen Richards niemals in das Gehölz werfen können. Und dann kroch mir ein leichtes Grauen über den Rücken. Es musste hier noch eine zweite Leiche geben; Richards Frau. Ich suchte den gesamten Umkreis der Quelle ab, zog meine Kreise immer tiefer in den Wald hinein, sah in jedes Gebüsch und schloss selbst die Baumwipfel nicht aus. Ich suchte, bis ich das Motorengeräusch heranfahrender Autos hörte und fand Richards Frau nicht.

Ich rannte zur Quelle zurück und sah Inspektor Baltimore aus einem der drei Wagen steigen. Als ich zu ihm kam, stand er bereits inmitten seiner Beamten und gab ihnen klare Anweisungen. Wir reichten uns die Hände und er sagte ernst: "So schnell sieht man sich wieder, Hunter. Der zweite Mord an diesem verdammten See. Jetzt bleibe ich, bis das mordende Ungeheuer erlegt ist. Wo liegt der Tote?" "Dort drüben im Gebüsch, Inspektor. Ich habe nichts verändert und gehe zurück ins Kurhotel; wir sehen uns wohl noch!" "Evelyn wartet dort auf Sie, Billy. Sie hat mir schon das wichtigste berichtet. Bis später dann."

Im Kurhotel erwartete mich eine neue Überraschung. Richards Frau war wieder da. "Die junge Lady, mit der Sie hier waren, ist mit Mrs. Richards auf die Zimmer gegangen", sagte mir der Portier. Wie in einem großen Staunen versunken saß Richards junge Frau am Fenster. In ihrer Haltung lag eine Welt voll Trauer. Ich sprach ihr mein Beileid aus und ärgerte mich über die banalen Worte, die ich mühsam heraus würgte. Evelyn stand erschüttert neben ihr, sie hatte die schwere Aufgabe übernommen die Todesnachricht zu überbringen. Es war hart, aber ich musste die Trauernde um eine Aussage bitten. "Mrs. Richards, Sie haben Ihren Gatten verloren. Für mich war er, nach diesen kurzen gemeinsamen Stunden schon fast ein Freund. Ich bitte Sie, sagen Sie mir alles, was sich gestern Abend ereignet hat."

"Ich weiß nicht viel, Mister Hunter. Mein Mann bekam von einem Ausländer den Auftrag, hierher zu fahren und etwas zu beobachten. Wie der Auftraggeber hieß und aus welchem Land er kam, ist mir nicht bekannt. Ich kann Ihnen auch nicht sagen, was Joel beobachten sollte. Er sprach mit mir niemals über seine beruflichen Angelegenheiten. Mich hat er mit hierher genommen, weil es die Höhe der Spesengelder erlaubte und weil Joel sich mit mir gemeinsam ungezwungener bewegen konnte. Verstehen Sie, wie ich das meine?"Ich neigte nur verstehend den Kopf, um sie nicht zu unterbrechen. "Gestern Abend schlug Joel vor, noch einen kleinen Spaziergang zu machen und zur Quelle zu laufen. Dort war unser Lieblingsplätzchen, wir gingen oft und gern dahin." Sie schwieg und rang sichtlich nach Fassung. Mit leiser erstickter Stimme erzählte sie dann weiter: "Auf der Straße, kurz bevor der Waldweg zur Quelle abzweigt, blieb Joel plötzlich stehen und sagte erregt, 'Du musst sofort hier weg'. In diesem Augenblick hörten wir einen Wagen aus Green at Sea kommen. Mein hielt das Fahrzeug an und sprach kurz mit dem Fahrer. Der öffnete mir die Wagentür und Joel schob mich hastig auf den Beifahrersitz. 'Fahre mit dem Gentleman nach Elswick, bleibe bis morgen dort und komme dann hierher zurück. Ich verlasse mich auf Dich'. Das waren seine letzten Worte. Der Fahrer gab Gas und jagte davon. Ich blieb über Nacht in Elswick und als ich vor zwei Stunden nach Green at Sea zurückkam, erfuhr ich von Miss Baltimore, was sich hier inzwischen ereignet hat." Sie lehnte sich erschöpft im Sitz zurück. Evelyn stand schweigend neben mir und sah mit ehrlichem Mitgefühl auf die Frau herab. Mir fiel es verdammt schwer noch weitere Fragen stellen zu müssen.

"Verzeihen Sie mir bitte, Mrs. Richards! Zwei Fragen habe ich noch, dann werde ich Sie nicht mehr belästigen. Sahen Sie einen Grund für das plötzliche, seltsame Verhalten Ihres Gatten?"

"Nein, Mister Hunter! Die Reaktion Joels kam für mich völlig unerwartet. Sein Benehmen änderte sich von einer Sekunde zur anderen. Er machte vorher keinerlei Andeutungen und war zu jedem Scherz bereit. Dann hatte er plötzlich einen Zug im Gesicht, den ich nicht vergessen werde. Ich glaube, Joel wusste dass Gefahr drohte."

"Sahen Sie zu diesem Zeitpunkt irgendwelche Personen, Mrs. Richards?"

"Nein, ich sah niemand und es sind uns auch auf der Straße keine Leute begegnet."

Ich bedankte mich und verließ den Salon. Evelyn blieb bei ihr.

Was hatte Richards an der Abzweigung des Waldweges gesehen? Warum stieg er nicht auch in den Wagen und brachte sich in Sicherheit? Wusste er, dass seine Gegner schießen würden und er durch seine Flucht auch das Leben seiner Frau und des Fahrers gefährdete? Ich lief zu der Abzweigung und suchte ohne Erfolg nach etwas Verdächtigem. Als es dunkel wurde, trottete ich enttäuscht und müde zurück ins Kurhotel. Mir war alles grausam zuwider, ich haderte mit mir und der Welt und ich hatte Durst. Der Barkeeper in der Hotelbar schien mich, seit unserer Unterredung am Nachmittag, in sein Herz geschlossen zu haben. Ohne dass ich bestellt hatte, servierte er mir einen Gin. "Es ist eine Schweinerei, was in der letzten Zeit hier geschieht" sagte er. "Vor sechs Wochen der Mord in Glouch und jetzt das Verbrechen an der Quelle. Da ist doch etwas faul." Also hatte sich Richards Tod schon herumgesprochen. Lange war eben ein Mord in einem kleinen Ort nicht geheim zu halten.

Ich konnte nicht sagen, wie oft mir der Barkeeper schon nachgeschenkt hatte, als Evelyn neben mir auf einen Hocker kletterte. "Du siehst nicht gut aus, Billy. Du solltest Dich niederlegen und etwas ausruhen. Denk doch bitte auch an Deine Gesundheit." Sie sah mir besorgt ins Gesicht, ließ dann ihre Augen durch die Bar wandern und sagte plötzlich: "Dort kommt Daddy. Er hat mich ganz seltsam angesehen, als er mich bei seiner Ankunft begrüßte." Sie winkte ihrem Vater zu, der erkannte sein Töchterchen und kam zu uns. "Ich suche Mister Hunter im ganzen Haus, um von ihm mehr über den Mord zu hören und der Kerl hockt uninteressiert an der Theke und macht meiner Tochter den Hof. Da soll ein alter Inspektor nicht wild werden." Er grinste und sprach sein Mädel an.

"Na, Evy, hast Du die Aufregung gut überstanden? Die kleine Richards schläft jetzt, unser Doktor hat ihr eine Spritze verpasst. Und Sie, 'Schnüffler', suchen Ihre Erleuchtung im Alkohol, wie ich sehe. Es ist schon zum Heulen. Diese Bestien haben den Richards grün und blau geschlagen und dann von hinten erstochen.
Man sollte ..."
"Hören Sie auf, Inspektor", unterbrach ich ihn. "Ich stecke bis zum Hals voll Nitro Glyzerin, bei dem geringsten Anstoß kann ich in die Luft gehen." Baltimore sah mich kopfschüttelnd an. "Sei nicht böse, Daddy. Der Häuptling stand Billy ziemlich nahe." "Wieso nahe? Heraus mit der Sprache, Hunter. Was wissen Sie von dem Toten?" "Nichts, Inspektor." "Machen Sie mir nichts vor, Billy, sonst muss ich dienstlich werden." Da sprang Evelyn in die Arena. "Du kannst es Billy glauben, Daddy. Wir lernten das Ehepaar Richards vor zwei Tagen in der Bar des Hotel 'Silverbird' in Glouch kennen. Billy verstand sich mit Mister Richards sehr

gut, ohne dass einer von dem anderen wusste, dass sie den gleichen Beruf ausübten. Heute wollten wir die Richards hier in Green at Sea besuchen und mussten erfahren, dass sie seit gestern Abend nicht mehr in das Hotel zurückgekommen sind. Wir haben Sie gesucht und alles Weitere weißt Du." "Und wer ist der Häuptling, Evy?" "Aber Daddy, das war nur eine Marotte von Mister Richards. Er sprach gern im Jargon der Rothäute und ließ sich 'Häuptling' nennen." "Mehr weiß ich wirklich nicht, Inspektor. Vielen Dank, Evelyn." Jetzt wurde Baltimores Töchterchen dreist.

"Du, Daddy", flötete sie. "Habt Ihr von der Polizei schon mehr über Richards Tod herausgefunden? Bitte, sag es uns." Der Inspektor stutzte. "Was heißt denn 'Ihr von der Polizei' und sag es 'uns'? Du redest, als ob Du mit dem 'Schnüffler' gemeinsame Sache machst." Er zwinkerte mir zu.

"Haben Sie Fragen, Hunter?" "Ja, Mister Baltimore. Wurde die Mordwaffe gefunden?" "Nein! Über die Waffe kann unser Doc erst genaueres sagen, wenn er die Leiche geöffnet hat. Er vermutet aber, dass es ein großer Dolch gewesen sein muss." "Und wie steht es mit dem Tatort? Haben Sie darüber etwas zu sagen?" "Leider muss ich auch hier passen, Hunter." Evelyn war erstaunt. "Aber wieso denn 'Tatort'? Ihr wisst doch wo Richards gefunden wurde." Mit Gönnermiene bestellte Baltimore eine Runde. "Wieso denn das, „ fragte Evelyn. "Fragst Du, warum ich diese Runde bestelle oder fragst Du warum der Fundort nicht auch der Tatort ist, Evy?" "Beides wundert mich, Daddy. Doch meine Frage bezog sich allein auf den Tatort." "Das liegt doch klar auf der

71

Hand Mädel", dozierte Baltimore. "Richards war doch ein Riese, er ließ sich bestimmt nicht ohne Gegenwehr grün und blau schlagen. Der Boden am Fundort ist zwar hart und trocken, aber eine Prügelei geht niemals ganz ohne Spuren vorüber. Es gab auch keine Blutspuren, folglich ist die Tat an einem anderen Ort verübt worden und man hat erst nach dem Mord die Leiche zur Quelle gebracht und ins Unterholz geworfen."

Evelyn sah erst ihren Vater und dann mich bewundernd an. "Klasse", sagte sie. "Ihr zwei scheint nicht schlecht zu sein. Ob jemals ein Verbrecher bei so viel kriminalistischem Scharfsinn ruhig schlafen kann." Baltimore drohte seiner ironischen Tochter. "Erst wird man gefragt und wenn man antwortet, zur Belohnung auf den Arm genommen." Er streichelte ihr Haar und war ganz stolzer Vater.

"Was Sie noch interessieren wird, Hunter. Ich habe einen Beamten in der Statistik vom Yard nachsehen lassen, wann in dem Gebiet von Glouch und Green at Sea der letzte Mord gemeldet wurde. Wie lange, glauben Sie, ist das her?" Woher sollte ich das wissen. Ich kannte die Gegend erst zwei Tage und für die kriminelle Vergangenheit von Kleinstädten hatte ich keinerlei Anhaltspunkte. Ich zog nur bedauernd meine Schultern hoch. "Sie werden es nicht für möglich halten. Es hat hier noch nie einen Mord gegeben. Jedenfalls nicht in den letzten siebzig Jahren, denn soweit geht unsere Statistik zurück."

"Jetzt spinne ich den Faden weiter, Inspektor. Da es in den vergangenen sechs Wochen nun aber gleich zwei Morde gab, kann man daraus folgern, dass es die gleichen Täter mit den gleichen Motiven sind."

"Richtig, Schnüffler. Und dass wir vom Yard überhaupt hier eingreifen können, ohne vorher besondere behördliche Anweisungen abwarten zu müssen, gründet auf der Tatsache, dass es in dem Gebiet hier keine Kriminalpolizei gibt und die stationierten Konstablers keine Ausbildung für Kapital-Verbrechen haben."

"Also, ein kriminell unterernährtes Gebiet, Inspektor?"

"So ist es, Billy. Ich muss jetzt gehen. Mein Assistent Black verhört das Hotelpersonal und ich möchte wissen, was dabei herausgekommen ist. Also werde ich Euch zwei jetzt alleine lassen. Ich habe übrigens den Eindruck, dass Ihr ganz gut ohne mich auskommt."

"Das war typisch Daddy! Man muss ihn doch gern haben oder findest Du nicht, Billy?"

Rinetti schob seine Massen zwischen den Tischen hindurch, sah uns an der Bar sitzen und trippelte auf kurzen Beinchen heran. "Ach, Mister Hunter, gut dass ich Sie treffe! Good Evening, Miss Baltimore! Eine scheußliche Geschichte, dieser Mord. Die Polizei im ganzen Haus, was sollen meine Gäste denken. Warum musste dieser Mensch gerade bei uns absteigen? Mein Renommee ist verdorben! Was soll ich d......."

"Verschwinden Sie Rinetti! Singen Sie Ihre Klagelieder anderen Leuten vor, aber verschonen Sie uns mit Ihrem Gezeter!" Ihm stand vor Erstaunen sein Froschmaul offen und ich hielt es für eine Sünde, ihm nicht den

Kiefer ausrenken zu dürfen. Evelyn versuchte die Wogen zu glätten und sagte: "Mister Rinetti sieht die Sache von seiner Warte aus, Billy." Dann zeigte sie dem Hotelier ihre imposante Breitseite und aus ihren Augen schossen Blitze. "Haben Sie nicht selbst den Eindruck, dass Ihre Reden hier nicht am Platze sind, Mister Rinetti? Denken Sie an Ihr sagenhaftes Renommee und gehen Sie!" Diese direkte Aufforderung einer Dame riss den Zwerg aus seiner Erstarrung, er bekam einen knallroten Kürbis und rollte davon.

Wenig später trat ein Mann zu uns: "Entschuldigen Sie bitte, Miss Baltimore! Der Inspektor schickt mich zu Ihnen. Sie möchten mit Mister Hunter in das Konferenzzimmer kommen. Es ist dringend!" Im Konferenzraum waren alle Beamten des Mord-Dezernates 3 versammelt. Man begrüßte Evelyn sehr freundlich, während für mich ein leichtes Neigen der mehr oder weniger markanten Köpfe genügte. "Mister Hunter", donnerte Inspektor Baltimore und machte dabei ein Gesicht als hätte man ihn zu einer Mondfahrt kommandiert. "Sie haben der Polizei wichtige Aussagen verschwiegen, die den Mord an Joel Richards betreffen!" Er sah mich grimmig an und in meinem Kleinhirn schellte eine Alarmglocke. Hier lief etwas schief. "Ich verstehe nicht ganz, Inspektor. Drücken Sie sich bitte deutlicher aus." Statt einer Antwort hielt mir Baltimore einen großen Dolch entgegen. Verdammt, das war der Dolch, den ich vor zwei Tagen in Glouch aus dem See zog und mit dem Simone Barth erstochen wurde. Und doch konnte er es nicht sein, denn an der Waffe, die mir der Inspektor zeigte, klebte geronnenes Blut; die Mordwaffe, die ich gefunden hatte, war von Sand und Seewasser blank geputzt. Mein langes Schweigen brachte den Inspektor noch mehr in Rage. "Hunter, jetzt reden Sie endlich. Sie stehen unter Mordverdacht." "Habe ich das Wort 'Mordverdacht' richtig verstanden, Inspektor?"

"Sie haben richtig verstanden. Mit dieser Waffe wurde Joel Richards gestern Abend zwischen zwanzig und einundzwanzig Uhr ermordet. Der Dolch trägt Ihre Fingerabdrücke und wurde aufgrund einer anonymen Anzeige unter dem Sitz Ihres Wagens gefunden."
So eine Schweinerei.

Ich zog den Dolch vor achtundvierzig Stunden aus dem See und hinterließ auf ihm die herrlichsten Fingerabdrücke. Man nimmt mir das Ding wieder ab, fasst es nur noch mit Gummihandschuhen an und bringt Richards damit um. Dann schmuggelt mir jemand die Mordwaffe unter den Autositz und erstattet anonyme Anzeige gegen mich. Als Beweis für die Richtigkeit der Beschuldigung gibt der Verleumder den Beamten auch gleich noch den Platz an, wo sie den Dolch finden können. Natürlich wusste der Unbekannte, dass er die Polizei auf die Dauer nicht täuschen konnte. Er wollte Verwirrung stiften, den Fall komplizieren und das war ihm nun auch gelungen. Oder bezweckten diese feigen Kerle etwas ganz anderes?
Wie dem auch sei, im Moment saß ich in der Klemme und die Schweine konnten sich ins Fäustchen lachen.

Dennoch, mir gefiel die höhnische Sicherheit nicht, mit der man der Polizei eine zweifache Mordwaffe in die Hände spielte.

Während meines Nachdenkens war Evelyn für mich in die Schranken getreten. Sie hielt eine Rede, dass den gestrengen Beamten von Scotland Yard die Luft weg blieb. Sie sagte alles was sie wusste, um mich vor dem Henker zu retten. Doch formulierte sie ihre Aussage so geschickt, dass zwar meine Unschuld erwiesen wurde, aber der kleine Vorsprung meiner Ermittlungen nicht verloren ging. Das Mädchen war goldrichtig. Über Einzelheiten, die ihren Vater und seine Beamten bestimmt brennend interessiert hätten, ging sie mit einer verblüffenden Großzügigkeit hinweg. Andere, unwichtige Dinge bauschte sie dagegen groß auf und steuerte damit einem tollen Erfolg zu. Nun kam sie zum Ende ihres heroischen Vortrags. Erregt und voller Eifer blies sie sich eine Locke aus der Stirn und sagte: "Im Übrigen, Gentlemen, betrachte ich es als eine Gemeinheit, dass Sie Mister Hunter einen feigen Mord zutrauen." Ihr Daddy hatte wieder sein gutes Grinsen im Gesicht und man sah es an seiner Nasenspitze, wie stolz er auf seine streitbare Tochter war. Evelyn trat zu mir, drückte verstohlen meine Hand und kniff listig ein Auge zu. "Gut gemacht", flüsterte ich ihr ins Ohr und hätte sie um ein Haar vor dem gesamten Mord-Dezernat geküsst.

"Gentlemen", so wandte sich nun der Inspektor an seine Beamten. "Ich glaube, unter der Flut des hier von meiner Tochter vorgetragenen Beweismaterials dürfte die Anzeige gegen Mister Hunter entkräftet sein. Oder zweifelt jemand unter Ihnen an der Glaubwürdigkeit von Miss Baltimore?" Wie Nero ließ er den Blick kreisen, doch sein Volk blieb stumm. Jetzt nahm er mich aufs Korn. Ich ahnte, dass er die Lücken in Evelyns Bericht bemerkt hatte und nun versuchen würde, mehr aus mir heraus zu quetschen. Der Specht Baltimore wollte Rosinen aus meinem Kuchen picken.

"Mister Hunter, Sie und wir alle wissen, dass ich dieser anonymen Anzeige nachgehen musste. Es ist nun erwiesen, dass eine Intrige inszeniert wurde, die den Zweck verfolgte uns in die Irre zu führen. Meine Tochter hat Sie zwar hinreichend entlastet, aber es klafften in ihren Ausführungen oft so erhebliche Lücken, dass ich Sie nun bitten möchte, mir einige Fragen zu beantworten. Sie fanden die Mordwaffe, mit der Simone Barth ermordet wurde. Wie war das möglich? Sie befanden sich erst einen Tag in Glouch und konnten mit der Materie des Mordes doch noch nicht so vertraut sein, dass Sie zu diesem Erfolg kamen?"

Ich musste mir eine Geschichte einfallen lassen, die Baltimores Wissbegierde dämpfte.

"Ihre Annahme ist richtig, Inspektor. Dieser Fund war nicht der Erfolg planmäßiger Detektivarbeit, sondern fiel mir in den Schoß; besser gesagt auf den Fuß. Ich hatte, wie Sie bereits von Ihrer Tochter hörten, an jenem Abend mit Richards schwer gezecht. In der Nacht wachte ich auf, weil mich eine unangenehme Übelkeit plagte und ich beschloss ein Bad im See zu nehmen. Ich schwamm etwa eine Viertelstunde und als ich aus dem Wasser stieg, stieß ich mit dem Fuß gegen ein Hindernis. Im Zorn des ersten Schmerzes bückte ich mich, um das verdammte Ding, an dem ich mich gestoßen hatte, in den See hinaus zu werfen. Können sie sich mein Erstaunen vorstellen, Inspektor, als ich einen Dolch in der Hand hielt? Es war mir natürlich sofort klar, dass es sich nur um die Mordwaffe handeln konnte mit der man die Barth erstochen hatte. Ich war glücklich und legte mich zufrieden ins Bett. Meine Übelkeit war wie fort geblasen, das können Sie mir glauben."

Prima! Ein orientalischer Märchenerzähler wäre auch nicht besser gewesen.

"Diese Darstellung soll ich Ihnen nun abkaufen, Mister Hunter?"
"Ich kann Sie leider nicht daran hindern, meine Erzählung anzuzweifeln, Inspektor, doch etwas Besseres kann ich nicht bieten."
"Etwas Besseres hatte ich auch nicht erwartet, Hunter. Mir reicht diese Schauergeschichte schon. Gentlemen, es ist spät geworfen, wir machen Schluss. Auf die abenteuerlichen Berichte von Mister Hunter können wir doch wohl verzichten."

Das Kollegium löste sich auf und Baltimore verabschiedete seine Beamten. Auch ich wollte mit

Evelyn den Raum verlassen. "Halt, Schnüffler! Mit Ihnen habe ich noch ein Hühnchen zu rupfen. Glauben Sie denn wirklich, einem alten Seemann in den Bart spucken zu können? Wenn ich nicht so viel Rücksicht auf Ihre Arbeit nehmen würde, hätte ich Sie jetzt vor versammelter Mannschaft wie ein nasses Handtuch ausgewrungen. Haben Sie ein Glück, dass meine Tochter ihre kleinen weißen Hände schützend über Ihren Wasserkopf hält. Und Dich, mein Kind, möchte ich warnen! Hüte Dich vor dem Schnüffler, er belügt Deinen alten Vater dreist und schamlos." Evelyn sah ihren Erzeuger vorwurfsvoll an. "Deine Warnung kommt reichlich spät, Daddy. Du hättest mich Billy nicht für die Fahrt hierher aufdrängen sollen. Für die Folgen Deiner Tat kannst Du mich jetzt nicht verantwortlich machen." Baltimore zuckte resigniert mit den Schultern, hakte bei Evelyn unter und zog mich am Jackenärmel bis in die Bar. Es wurde ein netter Abend und unser Zusammensein ließ den traurigen Anlass etwas vergessen. Gegen 1.00 Uhr übergab Assistent Black dem Inspektor die Adresse einer kleinen Pension, in der wir für den Rest der Nacht unterkommen konnten.

Ich erwachte, weil meine Zimmertür von einem Büffel berannt wurde und in den Angeln zitterte.
"Schnüffler! Aufwachen, Sie Penner. Wir gehen den Tatort suchen. Kommen Sie mit? Es wäre eine einmalige Gelegenheit für Sie Ihr Interesse an der gesetzlichen Obrigkeit zu demonstrieren."
"Wer gibt Ihnen das Recht, das Haus abzureißen, Inspektor? Haben sie denn schon gefrühstückt?"

79

"Evy, höre Dir den Kerl an, der hat nur die Fresserei im Kopf."

"Drück Dich bitte etwas gewählter aus und schrei nicht so, Daddy." Evelyn stand also auch schon auf ihren schönen Beinen. "Good Morning, Billy", rief sie durch die Tür. "Du müsstest den Frühstückstisch sehen, mir läuft das Wasser im Mund zusammen. Komm, Daddy, ich kann mich nicht mehr bremsen." "Halt", schrie ich, "nichts berühren, ich bin in zehn Minuten am Tisch."

Wir frühstückten auf der Terrasse des Hauses. Taufrisch lagen die Wiesen in der Morgensonne und die Ruhe meinte man mit dem Messer schneiden zu können. Evelyn hatte nicht übertrieben, der gedeckte Tisch konnte sich sehen lassen. Wir aßen, bis von der Pracht nichts mehr über war und zündeten uns die erste Zigarette des Tages an. Baltimore saugte verzückt an seiner Giftnudel und sagte: "Ich habe Fährtenhunde angefordert, wir werden sie an der Straße und am Fundort von Richards Leiche einsetzen."

"Versprechen Sie sich davon einen Erfolg, Inspektor?"

"Nicht unbedingt, Billy, aber schaden kann es auch nichts."

Auf der Uferstraße, direkt an der Abzweigung des Waldweges, warteten zwei Hundeführer mit ihren Tieren auf uns. Baltimore begrüßte die Beamten und gab die Jagd frei.

"So, Gents, nun geben Sie den Hunden die Witterung. Ich bin gespannt, was dabei herauskommt." Die

Dompteure öffneten einen Lederbeutel, zogen ein paar Schuhe heraus und hielten sie den Tieren vor die Nase. "Sind das die Schuhe, die Richards an den Füßen hatte, als er ermordet wurde?" "Ja, Mister Hunter, wir haben sie uns vom Spurendienst ausgeliehen", antwortete mir ein Constable.

Die Hunde suchten vergebens. Sie liefen immer von der Straße in den Waldweg hinein, blieben nach etwa zehn Yards stehen, schnüffelten ratlos herum und rannten zur Straße zurück. "Nichts zu machen, Inspektor", bedauerten die Beamten. "Es hat den Anschein, als wäre Richards ein kurzes Stück auf dem Weg gelaufen und dann ist Schluss."
"Versuchen wir unser Glück noch am Fundort der Leiche", brummte Baltimore. Aber auch dort suchten die Hunde ohne Erfolg. An der Quelle hielten wir Kriegsrat. Evelyn saß an der gleichen Stelle, an der sie gestern auf die gute Fee gewartet hatte. "Es ist zwecklos hier weitere Zeit zu verlieren", sagte der Inspektor. "Ich meine, man hat Richards kurz nach der Abzweigung des Waldweges nieder geschlagen und in einen Wagen verfrachtet. Wir fertigen hier noch ein paar Skizzen an und dann haben wir in diesem Wald nichts mehr zu schaffen."

Neben den Hundeführern lag Richards ehemalige Fußbekleidung. Die Konstabler hatten die Schuhe achtlos neben sich ins Gras gelegt und unterhielten sich noch mit dem Inspektor. Ein bisschen wehmütig nahm ich einen auf und besah mir die dicke Gummisohle. In dem tief ausgeprägten Profil haftete noch Erde. Ich nahm ein Streichholz und bohrte etwas davon heraus. Es war roter Lehm. Ich schob den Schuh ins Gras zurück und hatte es eilig von der Quelle weg zu kommen. "Inspektor, Sie haben doch nichts dagegen, wenn ich mich verabschiede?"

"Von mir aus können Sie sich verziehen, Schnüffler." Auch Evelyn erhob sich von den Steinen. "Ich komme mit, Billy! Good bye, Daddy und noch viel Erfolg."

Wir trotteten schweigend zurück zum Kurhotel, bestiegen auf dem Parkplatz meinen Flitzer. Ich wollte gerade starten, da hielt Evelyn meine Hand fest. "Ich habe Dich an der Quelle beobachtet, Billy. Was hast Du an Richards Schuh gefunden?"

"Der Häuptling ist in den letzten Minuten seines Lebens über roten Lehmboden gelaufen. Ich habe Reste davon im Profil seiner Schuhsohlen gefunden."

"Kann er sich den Lehm nicht schon lange vor dem Mord eingetreten haben, Billy?"

"Kaum, denn dann hätte sich auf dem Lehm eine dünne Schicht Erde oder Sand festgesetzt, je nachdem über welchen Bodenbelag er gelaufen wäre." Sie überlegte kurz, zwinkerte mir zu und säuselte: "Dann wird ein gewisser Billy Hunter wahrscheinlich bald den Ort finden, an dem ein Mord geschah. Oder irre ich mich?"

"Wenn ich Glück habe, irrst Du Dich nicht."

Etwa eine Meile vor Glouch musste ich scharf bremsen, weil ein Straßenwärter die Schlaglöcher in der Fahrbahn ausbesserte. Dabei kam mir ein Gedanke, den ich sofort in die Tat umsetzen wollte. Ich brachte den Flitzer zum stehen und stellte den Motor ab. "Stimmt was nicht?" fragte Evelyn verwundert. Ich kletterte hinter dem Lenkrad hervor, stieg aus und schob mir das Hemd in den Hosenbund. "Der Wagen ist in Ordnung. Warte bitte einen Moment, ich bin gleich wieder hier." Ich lief zurück zu dem Straßenwärter. Als ich bei ihm stehen blieb und grüßte, unterbrach er seine Arbeit. "Good Morning, Mister. Das ist auch eine Arbeit ohne Ende, was?" "Da haben Sie recht, Sir", sagte er und wischte sich den Schweiß von der Stirn. "Wenn man an der einen Stelle fertig ist, kann man an einer anderen wieder anfangen." Ich gab ihm eine Zigarette und brannte mir auch eine an. "Vielen Dank, Mister. Sie sind wohl auch zur Erholung hier?" "Ja, man muss schon mal ausspannen. Kennen Sie sich in der Umgebung etwas aus?" "Das will ich meinen. Ich bin in Glouch geboren." "Dann kennen Sie vielleicht einen Ort, wo ich roten Lehm finden kann?" Sein Gesicht war ein großes Fragezeichen. "Wissen Sie, mein Girl ist Bildhauerin und möchte auch im Urlaub modellieren. Dazu braucht sie Lehm. Verstehen Sie?" Er verstand. "Ja, die Künstler. Nicht einmal im Urlaub kommen die zur Ruhe. Ist das nicht sehr langweilig für Sie, wenn Ihr Darling den ganzen Tag Lehm knetet?" Der nahm aber Anteil an meinem Glück. "Ab und zu macht sie schon eine Pause, Mister. Also, wie ist das, gibt es hier irgendwo solches Zeug?" "Es gibt nur eine Stelle, Sir, oben im Wald, an der alten Blockhütte. Dort ist der Lehm feuerrot." "Das wird mein Girl freuen. Wie komme ich dahin?" "Fahren Sie diese Straße weiter bis nach Glouch. Dort sehen Sie rechts drei Hotels am See stehen, an denen fahren Sie vorbei und bleiben dann noch eine knappe halbe Meile auf dieser Straße. Wenn Sie an eine Kreuzung kommen, biegen Sie links ab und fahren den Berg rauf, immer durch den Wald. Nach etwa drei Meilen müssen Sie aufpassen, denn da zweigt ein schmaler Waldweg von der Straße ab, der führt direkt zur Blockhütte. Für Ihren Wagen wird er nicht breit genug sein, aber Sie können ja das Fahrzeug auf der Straße parken. Bis zu der Hütte sind es keine dreihundert Yards und dort finden Sie den roten Lehm."

"Das haben Sie fein erklärt. Vielen Dank für den Tipp." Ich drückte ihm ein Geldstück in die Hand und hätte jede Wette darauf gehalten, dass der Mann über das Geld nur halb so erfreut war, als ich über seine Auskunft. Zufrieden pfeifend stolzierte ich zum Wagen zurück und fuhr weiter.

Evelyn hob die Brauen und fragte: "Was wolltest Du von dem Mann, Billy?" "Ich habe mich bei ihm über die Aufstiegsmöglichkeiten beim Straßenbauamt erkundigt." "Ich dachte mir das schon", lachte sie schelmisch. "Wann wirst Du Dich um eine Stelle bewerben?"

Im 'Silverbird' begrüßte uns Howard als wären wir aus den Dschungeln des Amazonas zurückgekehrt. "Endlich sind Sie wieder da. Wir haben uns schon Gedanken um Sie gemacht, die Gegend ist doch jetzt so unsicher. Haben Sie schon von dem neuen Verbrechen gehört? Es ist doch furchtbar einen Menschen so brutal umzubringen. Aber die Polizei wird diesen Mörder bestimmt erwischen, dann ist wieder Ruhe hier bei uns." Evelyn nahm mir die Antwort ab: "Wir trafen Bekannte in Green at Sea und es wurde spät. Getrunken hatten wir auch und damit Promille nicht zu spaßen ist, wollte Mister Hunter in der Nacht nicht mehr zurück fahren." Das Mädchen log jetzt schon besser als ich.

Es war Zeit zum Dinner. Wir zogen uns um und trafen im Speisesaal wieder zusammen.Wir saßen lange am Tisch und ich hätte mich noch Stunden mit Evelyn unterhalten können. Es lag so viel natürliche Frische in ihrer Art, wenn sie temperamentvoll kleine Episoden aus ihrem Leben erzählte oder eifrig mit mir diskutierte, dass ich es bedauerte, wieder an meine Arbeit denken zu müssen. Sie spürte, dass ich ihr nur noch mit halbem Ohr zuhörte."Entschuldige, Billy. Ich schwatze Dir eine Menge ungereimtes Zeug vor und vergesse dabei, dass Du ganz andere Dinge im Kopf hast."
"Es fällt mir schwer zu gehen, Evelyn, aber leider muss es sein. Ich werde mir jetzt eine Blockhütte ansehen, die auf rotem Lehmboden steht. Was das bedeutet, weißt Du. Wenn ich bis 17.00 Uhr nicht zurück bin oder mit Dir telefoniert habe, versuche Deinen Vater in Green at Sea zu erreichen und schicke ihn zur Hütte. "Ich beschrieb ihr den Weg dahin und sagte abschließend: "Mit diesen Brüdern ist nicht zu spaßen, bereite mir keinen Kummer und sei vorsichtig."

Bevor ich das 'Silverbird' verließ, lief ich noch einmal in mein Zimmer und nahm den Revolver aus dem Nachttischkasten. Ohne Waffe wäre ich mir jetzt zu nackt erschienen. Den Flitzer ließ ich auf dem Parkplatz vor dem Hotel stehen. Zu Fuß konnte ich mich unauffälliger bewegen und wenn es sein musste, schnell im Wald verschwinden. Ich marschierte eine knappe Meile auf der Straße, bis ich an die Kreuzung kam. Die abzweigende Nebenstraße wand sich in leichten Kurven den Berg hinauf. Aus Sicherheitsgründen verzichtete ich darauf, die bequeme Fahrbahn zu benutzen. Immer in Sichtweite der Straße pirschte ich links von ihr durch den Wald und musste so auf den Waldweg stoßen, der zur Blockhütte führen sollte. Die Sonne durchflutete das Laub der Bäume, ich zupfte im Vorübergehen Heidelbeeren und kam in Versuchung ein paar Pilze mit zu nehmen, an denen ich zufällig vorbei kam. Nach etwa zwei Meilen lag der Weg zur Hütte vor mir. Er war schmal, trotzdem musste hier vor kurzer Zeit ein Auto gefahren sein, denn das Profil der Reifen hatte sich an verschiedenen Stellen neben dem Weg ins Moos gedrückt.

Nach dieser Feststellung zog ich mich wieder in den Wald zurück. Vielleicht war meine Vorsicht unbegründet. Meine Vermutung konnte falsch sein und der Tatort ganz woanders liegen. Selbst wenn der Mord hier geschehen war, würde jetzt kein Mensch mehr da sein. Dennoch, mein Bedarf an Schlägen auf den Kopf war gedeckt, ich wollte kein Risiko eingehen. Leise ging ich weiter und sah schon bald eine Lichtung vor mir, auf der die Blockhütte stand. Der Boden ringsum war roter Lehm.

Ich hatte mir die Hütte kleiner vorgestellt und noch etwas war anders; aus dem Kamin kräuselte sich eine dünne Rauchsäule. Ich lief wieder ein Stück in den Wald hinein und erreichte ungesehen den Weg. Nun bummelte ich geruhsam wie ein Urlauber auf die Lichtung. Ungeschoren kam ich bis an die Blockhütte und klopfte an die Tür. Drinnen knarrte der Fußboden und schwere Schritte näherten sich. Als die Balkentür vorsichtig aufgedrückt wurde, ächzte sie in den Angeln. Ich schob die rechte Hand in die Jackentasche, entsicherte den Revolver und war auf alles gefasst. "Was wollen Sie?" Freundlich war der Mann nicht, aber wie ein Mörder sah er auch nicht aus. Waldarbeiter, schätzte ich. Ehrlich und bieder, durchaus ungefährlich. "Entschuldigen Sie bitte, Mister. Ich suche den Detektiv Joel Richards. Ist er hier bei Ihnen gewesen?" Der Name sagte ihm nichts. Sein Gesicht zeigte nur Erstaunen. "Der soll bei mir sein? Nee, da irren Sie sich, obwohl ich einen Detektiv brauchen könnte." Die Antwort überraschte mich. "Warum brauchen Sie denn einen Detektiv, Mister? Hier ist alles so friedlich, da hat doch ein Detektiv nichts zu suchen." "Eingebrochen hat bei mir jemand - aber gemaust ist nichts. Es war bestimmt ein Wilderer, der bei mir seine Beute zerlegt hat. Mit dem Blut hat der Kerl das ganze Zimmer versaut!" "Sie hatten Blut im Zimmer?" "Ja! Ich hab zwar schon sauber gemacht, aber sehen kann man's immer noch. Das Zeug geht verdammt schwer weg." "Wann war denn der Einbruch?" "Vor zwei Tagen! Ich war in Glouch, als ich gegen 23.00 Uhr zurückkam, stand hier die Türe offen und da drinnen sah es aus, - fragen Sie nicht wie!"

Vor der Hütte roter Lehm, in der Hütte Blut. - Ich hatte den Tatort gefunden.

"Warum haben Sie den Einbruch nicht der Polizei gemeldet, Mister?"
"Ach, wissen Sie, mit der Polizei, das ist so eine Sache. - Wer sind Sie denn eigentlich?"
"Hunter, heiße ich! Ich verbringe meinen Urlaub unten in Glouch und wohne im Hotel 'Silverbird'."
"Ach so, dann kommen Sie doch ein bisschen zu mir rein, Mister Runter!"

Die Blockhütte hatte nur einen Raum, er war primitiv eingerichtet, aber peinlich sauber. In der Nähe von der Tür sah ich mehrere dunkle Flecken auf dem Fußboden. Das könnte Blut gewesen sein. "Setzen Sie sich doch, Mister Runter!" sagte der Mann und war nun schon entschieden zugänglicher. Er schien hier im Wald wenig Gelegenheit zu einer Unterhaltung zu haben und war jetzt einem Schwätzchen nicht abgeneigt. "Ja, damit ich es Ihnen sage. Mit der Polizei, das ist so eine Sache. Seh'n Sie mal, ich bin hier ganz allein im Wald. Wenn's ein Wilderer war und ich zeige den Einbruch an, muss ich damit rechnen, dass er sich einen Tages einmal an mir rächt!" Der Mutigste war er nicht, aber ich konnte seinen Standpunkt immerhin verstehen.

"Es ist interessant, was Sie da erzählen, Mister. Wie sah es denn hier aus, als Sie von Glouch zurück kamen? Sie sagen, die Tür stand offen? War Ihnen das nicht unheimlich? Ich glaube, ich hätte da Angst gehabt!"

"Ganz einerlei war mir nicht, das können Sie mir glauben. Ich ging rein ins Zimmer, machte Licht und sah die Bescherung. Alles war voll Blut! Auf dem Boden, dort an der Tür war das meiste. Hier am Tischende, wo Sie jetzt sitzen, habe ich es schon mit 'ner Bürste weg gebracht; auf dem Stuhl hier auch. Sehen Sie mal hier, die Stellen an der Lehne, als wenn er da etwas angebunden hätte!"

Ich besah mir die Stuhllehne und musste ihm Recht geben. Nun dachte ich auch wieder an die Reifenspuren, die ich auf dem Waldweg gesehen hatte und frage ihn: "Ich sah auf dem Waldweg hierher Spuren von einem Auto, sind die schon älter?"

"Nein, die sind bestimmt von dem Kerl! Ich habe sie an dem Abend, als ich hier weg ging noch nicht gesehen und am nächsten früh waren sie da. Die Welt wird immer schlechter - haben Sie schon von dem neuen Mord gehört?"

"Ja, es ist schlimm! Sonst haben Sie nichts gefunden, was den Kerl verraten könnte?"

"Nein, Mister Runter, nicht das geringste!"

"Ich heiße nicht Runter, sondern Hunter! Wie ist denn Ihr Name?" "Ach, natürlich! Hamilton, Slim Hamilton!"

Nun sagte ich Slim wer ich wirklich war und warum ich zu ihm kam. Erst war er erbost und fühlte sich von mir betrogen, doch er beruhigte sich schnell. "Sehen Sie, Mister Hamilton", sagte ich abschließend. "In Ihrem Haus ist ein Mord begangen worden und deshalb muss ich die Polizei informieren. Ich weiß, dass Sie nichts mit der Sache zu tun haben und werde das den Beamten auch sagen." "Na ja, Mister Hunter, wenn es ein Mord war, dann muss das freilich alles seinen Gang gehen. Ich bin jedenfalls unschuldig!"

"Daran zweifelt auch niemand, Hamilton! Ich komme später mit einem Inspektor von Scotland Yard noch einmal bei Ihnen vorbei. Der Polizist wird ja den Tatort auch sehen wollen. Bis dahin, Good bye!"

Es war 17 Uhr 40, als ich wieder auf der Straße stand. Wenn sich Evelyn an meine Anweisungen gehalten hatte, und daran zweifelte ich keinen Augenblick, dann musste Inspektor Baltimore bald angebraust kommen. Ich lief die Straße bergab und dachte nach. Warum hatten die Gangster den Häuptling erst zu der Blockhütte gefahren? Sie wollten wahrscheinlich etwas von ihm wissen, denn sonst hätten sie ihn gleich an der Quelle erstochen. Wie die Feuerwehr schoss ein Wagen die Straße herauf und stoppte mit kreischenden Bremsen direkt neben mir. Baltimore und Assistent Black sprangen heraus und der Inspektor schrie:

"Mensch, Hunter, was drehen Sie denn für Dinger? Seit wann brauchen Sie Polizeischutz bei Ihrer Arbeit? Wo kämen wir denn hin, wenn wir jedem privaten Schnüffler nachlaufen müssten, um ihn vor einem Wehwehchen zu bewahren!"

"Lieber Inspektor, wenn ich schon für Sie arbeite, können Sie sich doch wenigstens um meine Sicherheit kümmern!"

"Was heißt denn hier 'für mich arbeiten'. Sie sind doch wegen der Barth unterwegs und die interessiert mich jetzt erst in zweiter Linie!"

90

"Jedes Verbrechen muss Sie interessieren, dazu sind Sie als Verbraucher unserer Steuergelder verpflichtet! - Wie ist das, bin ich zu einem Gin eingeladen, wenn ich Sie an den Ort führe, wo man Richards umgebracht hat?"Er sah mich ganz entgeistert an. "Haben Sie den Tatort wirklich gefunden, Schnüffler? Dann haben Sie Gauner mir wieder etwas unterschlagen, stimmt's?!"

"Ich habe nichts unterschlagen, Inspektor! Ich war nur schneller, als die Polizei mit ihren vorgeschriebenen, asthmatischen Dienstwegen. Morgen hätten Sie den Tatort bestimmt auch gefunden!" "Wieso?" "Wann erwarten Sie den Bericht der Spurensicherer, Inspektor?"

"Wenn es gut geht, heute Abend. Warum?"

"In dem Bericht werden Sie lesen, dass an Richards Schuhen kleinste Teilchen von rotem Lehm hafteten. Ich sah den Lehm schon heute früh an den Schuhen, die Ihre Hundeführer als Witterungsträger mit brachten. Aufgrund dieser Feststellung den Tatort zu finden, war nicht sehr schwer, wenn ich auch zugebe, dass ich etwas Glück dabei hatte."

"Sie sind ein elender Gauner, Hunter! Deshalb verschwanden Sie heute Morgen so schnell!" Ich grinste ihn an und er hob lächelnd die Faust. "Los, in den Wagen, Schnüffler! Ich will den Tatort sehen." "Einen Moment, Inspektor! Was halten Sie davon, wenn ich Ihnen jetzt den Hergang der Tat so schildere, wie ich ihn mir vorstelle. Dann sehen Sie sich den Tatort an und entwickeln Ihre Theorie. Wenn wir danach unsere beiden Meinungen abschleifen, bis sie ungefähr

91

zusammen passen, müssten wir doch der Wirklichkeit sehr nahe kommen." "Sie sind ein hinterhältiger und lästiger Kerl, Hunter! Dazu haben Sie noch eine Eigenschaft, die Sie ganz unerträglich macht. Sie sind leider nicht dumm!"

Ohne Rücksicht auf den Wald, der links und rechts bis an die Straße heranreichte, brannte ich mir eine Zigarette an. Auch den beiden Polizisten hielt ich meine Packung hin. Sie sahen sich an, dann zuckte Baltimore mit den Schultern und bediente sich. Der Assistent tat es seinem Herrn und Meister gleich. Dicht neben der Straße lag ein gefällter, abgeästeter Baumstamm. Mit großer Geste nötigte ich meine Zuhörer darauf Platz zu nehmen und begann meinen Vortrag.

"Wie Sie ganz richtig vermuten, Inspektor, wurde Richards, kurz nachdem seine Frau mit dem Wagen weg gefahren war, auf dem Waldweg, wenige Meter von der Straße entfernt, nieder geschlagen. Auch dürfte Ihre Theorie, dass er in ein Fahrzeug gezwungen und abtransportiert wurde, richtig sein."
"Schnüffler, Sie reden wie ein Schulmeister und behandeln uns wie ABC-Schützen!"
"Verzeihen Sie, Inspektor! Ich muss so beginnen und meine Worte auch so formulieren, sonst bekommen Sie kein genaues Bild davon, wie ich mir den Hergang des Mordes vorstelle." "Ist schon in Ordnung! Reden Sie weiter, Billy."

"Es ist anzunehmen, dass Richards während der Fahrt mit einer Schusswaffe in Schach gehalten wurde. Man wollte etwas von ihm wissen und deshalb fuhren ihn die Kerle zu einer Blockhütte, die auf rotem Lehmboden steht."

"Halt, Billy! Haben Sie gewusst, dass es hier im Wald eine Blockhütte und roten Lehm gibt?" "Nein, Inspektor, ein Straßenwärter sagte es mir."

"Haben Sie das gehört, Black? Ein Schwein hat dieser Mensch, dem fällt alles in den Schoß und wir müssen uns jede Kleinigkeit schwer erarbeiten!" Bei seinem Gejammer hob er flehend die Arme zum Himmel. "Wenn Sie mit Ihrer Andacht fertig sind, kann ich dann weiter sprechen, Inspektor? Sollte aber Ihr Flehen länger dauern, weil Sie Wert darauf legen erhört zu werden, gehe ich inzwischen spazieren!" "Sie sind ein Ekel, Schnüffler! Los, weiter im Text!"

"Vor der Blockhütte zwang man Richards aus dem Wagen zu steigen. Er lief einige Schritte bis zur Tür der Hütte und dabei blieben kleine Lehmteilchen in dem Profil seiner Schuhsohlen haften. In der Hütte setzten ihn die Kerle auf einen Stuhl und banden ihn an der Lehne fest."

"Eine Zwischenfrage, Billy! Glauben Sie, dass sich der riesenhafte Richards eine derartige Behandlung ohne Gegenwehr gefallen ließ?" "Da will ich mich nicht festlegen, Inspektor. Vielleicht war er zu diesem Zeitpunkt noch von dem Überfall benommen. Vielleicht wehrte er sich erfolglos oder wartete auf eine günstigere

Gelegenheit zur Flucht, wer kann das mit Bestimmtheit sagen?!"

"Gut, diese Argumente lasse ich gelten. Weiter!"

"Wie es auch gewesen sein mag, die Spuren der reibenden Stricke, mit denen man Richards am Stuhl fest band, sind deutlich an der Stuhllehne zu sehen. Nun begann das Verhör und die Gangster schlugen Richards, um ihn zum Sprechen zu bringen. Er dürfte aber, trotz gröbster Misshandlung geschwiegen haben, denn die Blutspuren auf der Tischplatte und am Stuhl sind so zahlreich, dass sie auf eine sehr lange Prozedur schließen lassen. Wenn Richards geredet hätte, wäre die Sache wohl etwas unblutiger verlaufen."

Ich musste eine Pause einlegen, weil Baltimore plötzlich von dem Baumstamm sprang. Er hatte auf einer harzigen Stelle gesessen und fluchte nun auf den Wald, der es nur darauf anlege, seine Hose zu versauen. Als er sich wieder beruhigt hatte, hörte er sich den Rest meiner Rede im stehen an.

"Die Kerle hatten also Richards vergeblich geschlagen und verhört. Sie banden ihn vom Stuhl los und er schleppte sich zur Tür. Hier wurde er von hinten erstochen. Große Blutflecken auf dem Fußboden beweisen, dass der Mord an dieser Stelle verübt wurde. Nach der Tat fuhren die Mörder Richards Leiche zur Quelle zurück. Sie wussten, dass Richards Frau ihre Aussage machen würde und wollten glaubhaft darstellen, dass der Fundort auch der Tatort war. Das Blut in der Blockhütte bereitete den Burschen wahrscheinlich deshalb keine Kopfschmerzen, weil sie fest annahmen, dass ihr Trick gelang und die Ermittlungen der Polizei sich nicht über den Fundort hinaus erstrecken würden. Sie hatten nicht auf den roten Lehmboden geachtet und das war ihr Fehler. Auch mussten sie die Mentalität des Bewohners der Hütte kennen; er ist etwas feige. An diesem Abend war er in Glouch und kam erst gegen 23.00 Uhr zur Blockhütte zurück. Die Tür stand offen und als er das Blut in seinem Zimmer sah, glaubte er ein Wilderer habe bei ihm eingebrochen und seine Beute in der Hütte zerlegt. Gestohlen war nichts und da er Angst hatte, dass sich der angebliche Wilderer bei ihm rächen könnte, zeigte er den Einbruch auch nicht an.

Der Mann, Hamilton ist sein Name, ist ahnungslos und unschuldig. So, Inspektor, jetzt wissen Sie alles und kennen meine Theorie."

"Gut, Billy. Ich werde mir nun die Blockhütte ansehen und nachher meinen Senf dazu geben. Haben Sie in der Umgebung der Hütte etwas gefunden?"

"Auf dem Weg dahin sind Reifenspuren, die von dem Wagen der Mörder stammen dürften. Wir werden zu der Hütte laufen, damit wir die Abdrücke nicht verderben."

Die Sitzung war beendet. Wir fuhren bis zum Waldweg und besuchten Mister Hamilton in seiner Behausung. Baltimore stellte noch ein paar Fragen an ihn und ließ sich den Vorgang noch einmal schildern. Wir suchten den Umkreis der Hütte erneut ab und konnten nichts anderes als die Reifenspuren finden. Die Besichtigung des Tatortes war vorüber und wir befanden uns auf der Rückfahrt nach Glouch. Black saß am Steuer und der Inspektor hatte mit mir auf den Rücksitzen des Wagens

Platz genommen. Baltimore lehnte mit geschlossenen Augen in den Polstern und überdachte das Geschehene. Kurz vor Glouch brach er sein Schweigen.

"Ich kann das ganze drehen wie ich will, Billy, trotzdem komme ich zu keinem anderen Ergebnis wie Sie. Die vorliegenden Tatsachen lassen keine andere Theorie zu. Es muss sich alles ungefähr so abgespielt haben, wie Sie es vermuten. Leider hilft uns das im Augenblick aber auch nicht weiter."

Im 'Silverbird' saß Evelyn mit ernstem Gesicht in einem Sessel der Halle. Sie lief uns entgegen und sagte aufatmend: "Billy, wie gut, dass Du wieder da bist!" Das Grinsen ihres Vaters ließ sie leicht erröten. "Um diesen Schnüffler, der um des schnöden Mammons willen Detektiv spielt und der sich dann, wenn es für ihn brenzlig wird, von mir heraus hauen lassen möchte, machst Du Dir Gedanken? Aber die Gefahr, die jeden Tag über dem grauen Haupt Deines alten Vaters schwebt, lässt Dich völlig kalt. Oh, was habe ich da nur groß gezogen?" Bei seiner Rede hatte er den spitzbübischen Gesichtsausdruck eines Lausejungen, der mit einem Korb voll geklauter Kirschen sein sicheres Versteck erreicht hat. Der Inspektor war ein feiner Kerl. Was ich bisher, bei unserer gelegentlichen Zusammenarbeit, nur gefühlsmäßig empfunden hatte, bestätigte sich jetzt immer mehr.

Wir nahmen alle in der Halle Platz, Baltimore zündete sich eine von seinen bakterientötenden Zigaretten an und wandte sich an mich: "Die Reifenspuren lasse ich sicherstellen, Billy. Ich muss auch wissen für wen Richards gearbeitet haben. Vielleicht kommen wir damit wieder ein Stückchen weiter. Haben Sie noch etwas auf Ihrem schwachen Herzen, Schnüffler?" "Im Augenblick nicht, großer Meister!"

Während unserer Unterhaltung hatte sich die Halle mit Gästen gefüllt, deshalb beschloss Inspektor Baltimore aufzubrechen und zurück nach Green at Sea zu fahren. Er wollte dort noch einmal Richards Witwe aufsuchen. Evelyn bat ihren Vater mitfahren zu dürfen und Baltimore willigte ein. Vor dem Hotel schüttelten wir uns die Hände, Black setzte ich an das Steuer des Polizeiwagens und Baltimore stieg ein. Auch Evelyn wollte in die Limousine klettern, da kamen mir Bedenken. "Halt, Mädchen! Wie willst Du denn wieder nach Glouch kommen? Die beiden Gentlemen bleiben doch in Green at Sea!" Evelyn stutzte und fragte dann ihren Vater: "Du, Daddy, kann mich Mister Black nachher wieder zurück fahren?" Noch bevor der Inspektor antworten konnte, spielte ich den großen Kavalier.

"Hier, Evelyn, nimm die Wagenschlüssel und fahr mit meinem Flitzer, ich brauche das Vehikel momentan nicht!" Es geht doch nichts über ein faires Geschäft! Sie bekam meinen Wagen und ich einen knallenden Kuss. Evelyn nötigte ihren Vater mit zu ihr in den Flitzer zu steigen, doch Baltimore verzichtete auf das zweifelhafte Vergnügen und fuhr mit seinem Assistenten. Die Karawane setzte sich in Bewegung, ich winkte kurz und stieg dann in mein Zimmer hinauf. Hier deponierte ich

Zigaretten, Feuer und meine Notizen vom Fall Barth auf dem Tisch und setzte mich.

Da war die Aussage des Hotelgastes Josua Delba. Er hatte Digby Salter beobachtet, als der früh um 5.00 Uhr noch ein Bad im See nehmen wollte und dabei die Leiche der Barth fand. Unter anderem hieß es in dem Bericht:

.....Ich sah weiter, wie sich Mister Salter den Bademantel über den Arm legte und mit langsamen Schritten zögernd auf den dunklen Fleck zulief. Dort angelangt bückte er sich, verharrte eine Weile in dieser Stellung und rannte dann wild gestikulierend zum Hotel zurück. Als er in das Terrassenzimmer trat rief er: "Am Strand liegt ein Mädchen, ich glaube sie ist tot!"

Wie verhält sich ein durchschnittlicher Bürger in dieser Situation?
Der Bürger möchte nach einer durchzechten Nacht noch ein Bad im See nehmen. Er läuft müde und vielleicht auch etwas angetrunken zum Wasser. Hier zieht er den Bademantel aus und sieht eine Frau regungslos im Sand liegen. Er geht auf sie zu, erkennt unter dem weit aufgeschlitzten Kleid eine klaffende Stichwunde in ihrer Brust, denkt sofort an Mord und weiß, dass er vor einer Leiche steht. Dem Bürger fährt der Schreck in alle Glieder. Er lässt den Bademantel fallen und läuft entsetzt zum Hotel zurück.
Nicht so Mister Salter.

Der läuft zwar auch 'wild gestikulierend' zum Hotel zurück, hält aber dabei seinen Bademantel wie ein Kleinod fest.

Im Bericht des Constable Jeff Groat heißt es:
.....Er zitterte vor Kälte und Erregung und presste den Bademantel fest an seinen Körper. Ich verwies ihn auf sein Zimmer, damit er sich ankleiden konnte......
Salter zitterte also vor Erregung. Vielleicht zitterte er aber noch mehr vor Kälte, denn er presste den Bademantel wärmend an seinen Körper. Aber zum Henker, wenn der Kerl wie ein junger Hund fror, warum zog er dann den Bademantel nicht über?
War Digby Salter kein durchschnittlicher Bürger? Wo sind noch Lücken im Polizeibericht?

Bei den Angaben zur Person der Ermordeten heißt es:
.....Die Tote war mit einem bunten Sommerkleid, der üblichen Damenunterwäsche und weißen Sandaletten mit hohem Absatz bekleidet.....
Diese Bekleidung ließ doch darauf schließen, dass die Barth etwas unternehmen wollte, was eine komplette Garderobe erforderte. Für ein kurzes Treffen am Strand hätte sie sich bestimmt legerer gekleidet. Zu dieser Garderobe gehörte aber auch eine Handtasche und die fehlte. Bei der Leiche lag keine, denn im Polizeibericht heißt es:
.....Der Pass der Ermordeten wurde bei der Durchsuchung des Zimmers 21 in einer weißen Handtasche gefunden.....

Hatte die Barth ihre Handtasche vergessen und im Zimmer liegen lassen? Weiße Sandaletten mit hohem Absatz und eine weiße Handtasche, wie geschmackvoll hätte das harmoniert.

Es gab noch andere ungeklärte Fragen.

Wer hatte mich am Strand nieder geschlagen?

War es der Barkeeper aus der Hotelbar des 'Silverbird'? Der Mann kam spät von seinem Dienst und konnte mich gehört haben. Am nächsten Morgen war er schon in der Halle, als ich mit Evelyn telefonierte. Kam der mit so wenig Schlaf aus? Oder war es ein anderer Hotelgast? Bis jetzt fiel mir keiner besonders auf. Der Bewohner von Zimmer 12 schnarchte, ich hörte ihn schon oft sein Holz sägen; aber Schnarchen ist keine Seltenheit und eher ein Alibi, als eine Verdächtigung. Auch in der Nacht, in der ich auf die Dolchsuche ging, gab er seine Töne von sich.

Wer war der Mann, der mich in meinem Zimmer töten wollte?

Er kannte die Eigenart der Schlüssel und setzte beim Laufen den rechten Fuß nach innen. Mir wurde das Zimmer zu eng. Ich verließ das Hotel und pilgerte in den Ort hinein. Ganz unbeabsichtigt stand ich später vor der kleinen Bar, in der ich gleich am ersten Tag einen Drink genommen hatte. Heute war Betrieb in dem Laden. Trotzdem erkannte mich Maud wieder. "Hallo", sagte sie. "Auch mal wieder im Lande?" Ich bestellte mir einen Gin und war froh, dass sie sich mit anderen Gästen beschäftigen musste. So konnte ich meine Grübeleien ungestört noch etwas fortsetzen. Die verdächtigste Figur war zweifellos der Mann aus dem 'Moonlight', der jeden Morgen den Strand harkte und dabei weder Tote noch Bewusstlose liegen sah. Diesen Gentleman musste ich mir zuerst vorknöpfen. "Trinken Sie noch einen Gin?" fragte Maud. Ich sagte "ja" und hoffte, dass sie mich wieder allein ließ. Mein Wunsch ging zwar in Erfüllung, aber sie hatte mich doch aus dem Konzept gebracht. So konnte das nicht weiter gehen. Ich musste nun endlich vorankommen und feste Beweise finden. Ich verließ das Lokal.

Durch die mäßig erleuchteten Straßen lief ich zum 'Moonlight'. Eine riesige, rahmenlose Glastür ließ schon von der Straße her den Blick in die Halle des Hotels frei. Alles war sehr modern, vielleicht auch sehr zweckmäßig, aber der Gesamteindruck war unpersönlich und kalt. Ich schlenderte durch die verschiedenen Räume und landete in der Bar des Hauses. Es dauerte einige Zeit, bis sich meine Augen an das Dämmerlicht gewöhnt hatten und an der Theke einen freien Platz erkannten. Die schwarzhaarige Schöne hinter dem Tresen war Klasse. Sie schenkte mit der rechten Hand meinen bestellten Gin ein und gab mir dabei mit der linken Feuer für die Zigarette. Ihr Kleid war vorn hochgeschlossen, dafür aber hinten so tief ausgeschnitten, dass man lieber nicht hinsah. Sie konnte nicht viel darunter haben, doch auch ohne helfende Stützen war sie sehr lecker. Als mein Glas wieder geleert vor mir stand, schenkte sie nach und fragte: "Gefällt es Ihnen nicht mehr im 'Silverbird', Gentleman?" Ich verbarg meine Überraschung. "Es gefällt mir dort sehr gut, aber warum soll ich mich nicht auch einmal in der Nachbarschaft umsehen?" Sie wurde leicht verlegen. "Entschuldigen Sie bitte, Sir. Das war eine ungeschickte Frage. Ich hoffe sehr, dass Sie sich auch bei uns wohl fühlen."

Durch den Durst eines anderen Gastes wurde unsere interessante Unterhaltung gestört. Ich fand es erstaunlich, dass mich dieses Mädchen kannte. Es war Hochsaison, der Ort voll von Urlaubern und sie wusste, dass ich im 'Silverbird' wohnte. Sie wusste das, obwohl ich erst seit vier Tagen in Glouch war und das 'Moonlight' noch niemals betreten hatte. Vor mir, auf der Theke, besoff sich eine Fliege an einem verschütteten Tropfen Gin. Ich beobachtete sie eine Weile. Als ich wieder aufsah, um meine Aufmerksamkeit weiter der Bardame zu widmen, war die verschwunden. Das gefiel mir nicht. Das plötzliche Verschwinden konnte mit meiner Anwesenheit zusammen hängen und das machte mich neugierig. Dicht neben der Theke verdeckte ein schwerer blauer Vorhang eine Tür. 'Zu den Toiletten' las ich. Ich schwang mich vom Hocker, schob die Portiere zur Seite und stand in einem Gang mit drei beschilderten Türen. 'Herren' - 'Damen' - 'Zum Strand'. Die Tür 'Zum Strand' schien mir die wichtigste zu sein, aber es war auch möglich, dass die Gesuchte bei 'Damen' war. Im Gang stehen bleiben und warten konnte ich nicht, denn wenn das Mädchen 'Zum Strand' gegangen war, verpasste ich vielleicht etwas Wichtiges. Also musste ich mir Gewissheit verschaffen und den Ort aufsuchen, den keines Mannes Fuß betreten sollte.

Zögernd öffnete ich die Tür und trat in einen hellen Raum mit vielen Spiegeln, Waschgelegenheiten, Kabinentüren und einer empörten Clo-Frau. "Für Sie ist gegenüber", keifte sie. Aber so leicht ließ ich mich nicht vertreiben. "Verzeihen Sie bitte", stammelte ich so doof und besorgt, dass ich mir selbst fast echt erschien. "Meine Braut ging vor einer halben Stunde hierher. Ihr war nicht gut. Bis jetzt ist sie nicht an den Tisch zurück gekommen. Ist sie noch hier? Fehlt ihr etwas?"

Die Frau hatte ein Herz für Beschränkte. Sie wurde sehr freundlich und versicherte mir, dass seit zehn Minuten keine Lady mehr hier war. Vielleicht sei meine Braut an den Strand gegangen, um frische Luft zu schöpfen. Ich bedankte mich höflich und ging auch an den Strand.

Draußen war es stockdunkel. Ich lief bis zur Hausecke und schlich an der Giebelseite weiter. Ungefähr in ihrer Mitte sah ich eine Tür; eine Kellertür wahrscheinlich, denn einige Stufen führten zu ihr hinunter. Am Ende des Giebels blieb ich stehen, weil hinter mir die eben entdeckte Tür knarrte. Das gesuchte Mädchen rannte die Stufen herauf, hastete um die andere Hausecke und ich hörte eine Tür zuschlagen. Ich musste mit Volldampf in den Keller. Wenn ich Glück hatte, konnte ich dort die Antwort für das plötzliche Verschwinden der Schönen erhalten.

Ich stieg leise die Stufen hinunter und fand die Kellertür unverschlossen. Vorsichtig trat ich in einen dunklen Gang, an dessen Ende ein schmaler Streifen Licht durch den Spalt einer nur angelehnten Tür fiel. Mit einem kräftigen Fußtritt ließ ich sie auffliegen und konnte in einen sauber eingerichteten Kellerraum sehen. Es sah fast gemütlich da drin aus. Ein Teppich, Tisch und Stühle, ein Fernsehgerät und eine Couch, auf der ein Mann saß. Er mochte etwa sechzig Jahre alt sein. Sein Gesicht war ein wüstes Durcheinander von Erstaunen, Angst und Zorn. "Was wollen SIE denn hier?" zischte er mich an. Das 'SIE' betonte er so, dass ich annehmen konnte, kein Unbekannter für ihn zu sein. Ich zog mir einen Stuhl unter dem Tisch hervor und nahm unaufgefordert Platz. "Was soll denn das? Was wollen Sie von mir?"

"Ich heiße Hunter und ich weiß, dass ich Ihnen damit nichts Neues sage. Wie ist Ihr Name?" "Rouwler, heiße ich. But Rouwler." "Und woher kennen Sie mich, Mister Rouwler?" "Ich kenne Sie nicht." "War nicht eben das Mädchen aus der Bar bei Ihnen?" "Ja, es ist meine Nichte."

"Was wollte sie hier?"

"Sie schaut immer mal zu mir herein. Was soll diese Fragerei überhaupt? Verlassen Sie sofort mein Zimmer!"

"Jetzt hören Sie gut zu, Mister Rouwler. Ich bin durchaus gewillt mit Ihnen eine Weile gemütlich zu plaudern. Wenn Sie mir aber Dinge erzählen, die ich Ihnen nicht glaube und dabei noch den Beleidigten spielen, kann ich sehr leicht meinen Charme verlieren und rau werden." Er neigte sich zum Tisch und brannte eine Zigarette an. "Also, Mister Rouwler, ich frage Sie noch einmal. Woher kennen Sie mich?" "Ich habe Sie am Strand vom 'Silverbird' gesehen."

Pech für ihn. Ich ging nur einmal nachts an den Strand, um den Dolch zu suchen und dann lag ich mit einer Beule am Kopf ohnmächtig im Sand.

"Was haben Sie im 'Moonlight' für eine Aufgabe?"
"Ich bin der Hausmeister."
"Und wer harkt den Strand?"
"Den Strand harke ich", sagte er leise. Er spürte, dass ich ihn am Kragen hatte und ein ängstliches Flimmern lag in seinen Augen.

"Sie sahen die Ermordete am Strand liegen, warum haben Sie nicht sofort die Polizei benachrichtigt? Sind Sie selbst der Mörder?" Er sprang auf. Die Zigarette fiel ihm dabei aus der Hand und rollte über den Teppich. Er ließ sie achtlos liegen, Tränen traten in seine Augen und mit einem trockenen Schluchzen in der Kehle sagte er: "Um Gotteswillen, Mister Hunter, was denken Sie von mir? Ich bin jetzt vierundsechzig Jahre alt und noch niemals in meinem Leben mit dem Gesetz in Konflikt gekommen. Bitte glauben Sie mir!" Ich sah ihn nur wortlos an. Er bückte sich nach seiner Zigarette und ließ sich erschöpft auf die Couch sinken. "Wer bedroht Sie, Mister Rouwler?" Mit unnatürlich weit aufgerissenen Augen starrte er mich an. "Woher - ich werde nicht bedroht! Ich habe nichts gesehen! Sein Atem ging kurz und oberflächlich, er war bis ins Innerste aufgewühlt.

"Die Polizei ist nahe daran den Mörder zu finden, Mister Rouwler. Die Beamten werden auch ermitteln, dass Sie die Tote zuerst sahen, lange bevor sie später von diesem Salter gefunden wurde. Sie haben sich einer Unterlassung schuldig gemacht. Verschlimmern Sie Ihre Lage nicht noch mehr, reden Sie! Bangen Sie nicht um Ihre Sicherheit, lassen Sie Ihre Angst und befreien Sie sich von diesem Alpdruck!"

Draußen trat jemand in den Gang. Ich sprang vom Stuhl auf und stellte mich so hinter die Tür, dass sie mich vor dem Eintretenden deckte, wenn er sie öffnete. Rouwler saß wie eine Statue auf der Couch. Ich hörte kleine, klappernde Schritte im Gang, dann ging die Tür auf und eine weibliche Stimme sagte: "Er ist weg gegangen, Onkel! Nicht einmal bezahlt hat er. Was ist mit Dir? Rege Dich doch nicht so auf, es wird schon alles noch gut werden!" Rouwler's Nichte hatte die Zimmertüre offen gelassen und war, noch während sie sprach, ins Zimmer getreten. Ich stand hinter ihrem Rücken. Sie sah mich nicht und plapperte arglos weiter: "Lass uns von hier weg gehen, Onkel. Ich habe Angst. Ach, hättest Du Dich doch nicht von diesem Kerl einschüchtern lassen. Aber es ist auch jetzt noch Zeit. Bitte, geh zur Polizei, Onkel." Rouwler gab ihr ein Zeichen, dass sie schweigen sollte. Doch ich hatte schon genug gehört und trat hinter der Tür hervor. "Ihr Onkel kann auch bei mir beichten, Miss." Sie flog herum und starrte mich an.

"Vor mir brauchen sie keine Angst zu haben, Mädchen. Ich beabsichtige auch nicht, meine Zeche zu prellen. Wie wäre es, wenn Sie Ihrem Onkel und mir etwas

Trinkbares herunter bringen würden?" "Ja", hauchte sie und wollte aus dem Zimmer rennen. "Stopp, mein Kind! Jetzt hören Sie mir erst einmal gut zu. Sie werden keinem Menschen erzählen, dass ich bei Ihrem Onkel im Keller bin. Lassen Sie die Leute an der Bar einstweilen ruhig in dem Glauben, dass ich die Zeche geprellt habe. Können Sie uns unauffällig einen Drink bringen?" "In einer Viertelstunde ist mein Dienst beendet, dann komme ich." "Gut, jetzt können Sie gehen. Ich habe noch mit Ihrem Onkel zu reden."

Der alte Mann war am Ende seiner Kraft. "Wollen Sie noch immer behaupten, dass Sie nichts von dem Mord wissen, Mister Rouwler? Er richtete sich auf und sagte entschlossen: "Nun ist doch alles egal. Ja, Mister Hunter, ich sah die Tote. Ich sah auch Sie drüben am Hotel liegen und dachte, es wäre sein zweiter Mord." "Langsam, Rouwler! Alles schön nach der Reihe. Sie harken jeden Morgen den Strand vom 'Moonlight'. Wahrscheinlich tun Sie das immer zur gleichen Zeit, sagen wir zwischen 4.00 und 5.00 Uhr. Stimmt das?" "Ja, so ist es." "Am Morgen des 17. Juni sahen Sie die Tote, bei Beginn Ihrer Arbeit, am Strand des 'Silverbird' liegen. War das so?" "Nicht ganz so, Mister Hunter. Ich hatte unseren Strand schon halbfertig geharkt, da sah ich drüben eine Frau im Sand liegen. Erst glaubte ich, sie wäre betrunken und am Strand eingeschlafen. Diese Meinung hatte ich, weil im 'Silverbird' noch Musik spielte, also noch Gäste in der Bar waren. Ich rief laut 'Hallo', doch die Frau rührte sich nicht. Es war eine warme Nacht und ich dachte, 'soll sie ihren Rausch ruhig ausschlafen'. Als ich mit dem Harken fertig war, trat ich noch einmal an den Zaun heran. Es war nun heller geworden und ich konnte jetzt erkennen, dass die Frau seltsam gekrümmt und ohne jede Bewegung im Sand lag. Ich lief ins Haus und wollte von unserer Rezeption aus drüben im 'Silverbird' anrufen, damit sich jemand um diese Frau kümmern sollte."

Er griff nach seiner Zigarettenpackung. Im Gang knarrte die Kellertür. "Einen Augenglick", sagte ich. "Ihre Nichte bringt die Getränke." Ich erhob mich von meinem Stuhl um ihr zu öffnen. Bevor jedoch meine Hand die Klinke berührte, schwang die Tür auf. Vorhin hatte ich mich gewollt so gestellt, dass mich die aufgehende Tür deckte. Jetzt stand ich ungewollt ebenso. Ich konnte dadurch nicht sehen, wer ins Zimmer trat, ich hörte nur die Schüsse und sah Rouwler langsam von der Couch rutschen. Dann knallte die Tür wieder ins Schloss und jemand rannte durch den Gang davon. Sekunden später stand ich in der Dunkelheit vor der Kellertür. Ich hörte leise schnelle Schritte, die sich zur Straße hin entfernten. Mit einem Satz sprang ich die Stufen hinauf und jagte hinter dem Fliehenden her. Der bemerkte, dass er verfolgt wurde, steigerte sein Tempo und rannte in den Ort hinein. Das war ein Fehler von ihm. Auf dem Pflaster der menschenleeren Straßen hallten seine Schritte so laut, dass ich ihn nicht mehr verfehlen konnte. Es mochten noch fünfzehn oder zwanzig Yards sein, die mich von ihm trennten, als er eine Seitenstraße erreichte und um die Hausecke bog. Ich blieb stehen.

In nächtlicher Ruhe lag die schlecht beleuchtete Straße vor mir. Keine Schritte waren zu hören, nur das Ächzen einer Bettstatt klang von irgendwo durch ein offenes Fenster. Vielleicht schlich der Mann jetzt langsam weiter, um unerkannt zu entkommen oder er stand mit entsicherter Pistole an der Hausecke und wartete auf mich. Ich zog meinen Revolver aus dem Schulterhalfter und ging leise über die Fahrbahn zur anderen Straßenseite.

Er schoss, als ich die Seitenstraße erreichte und mit ihm auf gleicher Höhe war. Seine Projektile summten wie Hornissen über meinen Kopf. Ich ließ mich fallen und blieb regungslos liegen.Endlos erscheinende Sekunden verstrichen, ehe sich der Gangster aus dem Schatten einer Hauswand löste und auf den Gehsteig trat. Er hielt die Pistole schussbereit in der Hand und sah misstrauisch zu mir herüber. Ich musste liegen bleiben, obwohl ich lieber aufgesprungen wäre und mir eine sichere Deckung gesucht hätte. Hoffentlich fiel der Kerl auf meinen plumpen Trick herein und glaubte daran, mich getroffen zu haben. Endlich siegte bei ihm der Glaube an seine Treffsicherheit. Er drehte blitzartig ab und rannte davon. Ich sprang auf. "Bleib stehen und wirf die Waffe fort", schrie ich ihm nach. Doch er gab nicht auf. Wie von einer Feder geschnellt flog er herum und schoss im gleichen Moment, in dem ich auch abdrückte.Er bäumte sich auf, drehte sich langsam um die eigene Achse und fiel mit leisem Seufzen auf die Straße. Seine Pistole schlitterte scheppernd über das Pflaster.Ich schob meine Waffe ins Halfter und ging zu ihm. Er lag auf dem Bauch und als ich ihn umdrehte, musste ich mich damit abfinden, dass ich einen Mann erschossen hatte, der mir völlig unbekannt war.

An den Fenstern der umliegenden Häuser erschienen aus dem Schlaf geschreckte Gestalten.
Ein dicker Spießer im Schlafanzug rief: "Rühren Sie sich nicht von der Stelle. Meine Frau ruft eben die Polizei." So ein Idiot. Wenn ich davon laufen wollte, wäre ich fort gewesen, bevor er einen Fuß aus den Federn gebracht hätte.

Keine fünf Minuten nach dem Schusswechsel raste die Polizei mit vollen Scheinwerfern und heulender Sirene heran. Zwei Konstabler stiegen aus dem Wagen. Ich zeigte meine Legitimation vor und schilderte das Geschehene. "Hunter, heißen Sie", fragte mich einer der Uniformierten und rieb sein schlecht rasiertes Kinn. "Dann sind Sie wohl der Detektiv, von dem Inspektor Baltimore gestern sprach?" "Genau, Constable, der bin ich", antwortete ich erleichtert. Er sah mich nachdenklich an.

"Wissen Sie, wo wir den Inspektor erreichen können? Wir müssen auch noch zum Hotel 'Moonlight' und sind im Augenblick ganz schön unter Druck." Ich sah für mich eine Chance, schnell hier weg zu kommen. "Ich habe Baltimores Telefonnummer. Wenn Sie inzwischen mit der Beweisaufnahme beginnen wollen, kann ich ihn unterdessen anrufen." Die zwei Beamten waren mit meinem Vorschlag einverstanden.

Am 'Moonlight' standen die sensationslüsternden vor der Kellertür und ich kam nur mit Mühe die Stufen hinunter. Die Tür zu Rouwler's Zimmer war abgeschlossen. Ich musste lange klopfen, bevor ein grauhaariger Mann öffnete und meinen Ausweis prüfte. "Ich bin Doktor Fabian", stellte er sich vor und ließ mich eintreten. Rouwler lag auf der Couch. Er lebte, war aber ohne Bewusstsein. Der Arzt hatte ihn verbunden.

"Eine verdammte Sauerei ist das, Mister Hunter. Der Mann hat drei Schüsse in der Brust. Ich vermute, dass die Lunge verletzt ist. Das Hospital in Elswick ist bereits verständigt, hoffentlich schaffen es die Sanitäter noch rechtzeitig. Es ist ein weiter Weg für sie. Der Mann hier muss unbedingt auf den Operationstisch, sonst ist alles zu spät für ihn." "Können sie nicht noch etwas für den Verletzten tun, Doc?" Er zuckte resigniert mit den Schultern. "Ich bin ein alter Landarzt, Mister Hunter. Seit fast zwanzig Jahren habe ich keinen chirurgischen Eingriff mehr gemacht. Täte ich es jetzt, könnte ich mehr verderben als helfen. Das Geständnis fällt mir nicht leicht, aber falscher Ehrgeiz ist hier fehl am Platze."
"Der Mann muss durchkommen, Doktor. Die Polizei braucht seine Aussage. Rouwler ist ein wichtiger Zeuge im Mordfall Barth."

Ich verließ den Keller und wühlte mich durch die stupiden Gaffer bis in die Hotelhalle. Hier ließ ich mich mit Inspektor Baltimore in Green at Sea verbinden. Es

111

verging fast eine Viertelstunde, ehe die Verbindung hergestellt war. Man konnte sich in Glouch erholen, das war unbestritten, aber wehe wenn hier etwas Ungewöhnliches geschah. Es war 1.20 Uhr, als sich die Pension meldete, in der Baltimore abgestiegen war. Wenig später hörte ich seine Stimme.

"Good evening, Inspektor", sagte ich. "Darf ich mich nach Ihrem Befinden erkundigen?" "Hunter, Sie Satansbraten. Was soll der Unsinn?"

"Verehrter Inspektor, ich rufe Sie an, weil es mir nicht möglich ist etwas Positives zu leisten, wenn Sie nicht in meiner Nähe sind. Mit einem Wort, Sie fehlen mir, Mister Baltimore."

"Wenn Sie mich nur aus dem Bett geklingelt haben, um mir Ihre blöden Quasseleien in die Ohren zu singen, lasse ich Sie morgen wegen nächtlicher Ruhestörung einsperren."

"Hören Sie zu, Inspektor. Das Hotel 'Moonlight' veranstaltet heute ein Sommernachtsfest. Ich möchte Sie noch dazu einladen. Das Feuerwerk ist allerdings schon vorüber, leider gab es dabei einen Toten und einen Schwerverletzten. Eine traurige Bilanz des Festes."

"Mensch, Schnüffler, reden Sie vernünftig!"

"Ich hatte einen Zeugen, der mir ein Lied über Simones Tod vorsingen wollte. Der Sänger wurde leider, kurz nach Beginn seiner Darbietung, in meinem Beisein niedergeschossen."

"Sie Rindvieh!"

"Sie sind ein ungehobelter Mensch, Mister Baltimore. Interessiert es Sie vielleicht, dass ich den Schießer zur Strecke gebracht habe?"

"Und wo ist der jetzt?"

"Ich möchte mich da nicht genau festlegen, Inspektor, aber ich nehme an beim Teufel."

"Wegen dieser läppischen Rederei bringe ich Sie noch um, Hunter. Sagen Sie endlich, was los ist."

"Kommen Sie sofort nach Glouch ins 'Moonlight', Inspektor. Es brennt an allen Ecken."

"Ist etwas mit Evelyn?"

"Nein, da können Sie ganz beruhigt sein."

"Gut, Billy, in einer halben Stunde bin ich da."

Bis Baltimore hier eintraf hatte ich Pause. Ich kaufte mir bei einem Boy Zigaretten und beschloss in der Hotelbar einen Drink zu nehmen. Eventuell konnte ich mit Rouwler's Nichte noch ein paar Worte wechseln. Der Barkeeper stand allein hinter der Theke. Auf meine Frage antwortete er: "Miss Rouwler hat um 00.30 Uhr Dienstschluss und ist pünktlich weg gegangen." Wo war das Mädchen? Bei ihrem verletzten Onkel hatte ich sie nicht gesehen, vielleicht war sie jetzt dort. Ich trank aus, bezahlte und lief in den Keller zurück. Rouwler's Zustand war unverändert. Ein dünner Blutfaden lief aus seinem halbgeöffneten Mund. Der Arzt bemerkte meinen besorgten Blick. "Wenn die Sanitäter nicht bald eintreffen, ist es zu später, Mister Hunter", sagte er.

"Können wir nicht ein Fahrzeug von hier nehmen, Doc?"

"Ausgeschlossen! Der Mann muss flach liegen. Wir können ihn nur auf einer Bahre transportieren."

"Rouwler's Nichte ist auch im Hotel beschäftigt; hat sie sich schon nach dem Befinden ihres Onkels erkundigt?" "Bei mir hat sie sich nicht gemeldet, Mister Hunter." Das war seltsam. Sie musste doch inzwischen von dem Überfall gehört haben. Ich spurtete in die Halle. Der Portier stand wie ein Fels in der Rezeption. "Wo ist das Zimmer von Miss Rouwler?" fragte ich. Er schaltete erstaunlich schnell. "Dachgeschoß, letzte Türe links."

Ich rannte die Treppen hinauf, weil der Lift im zweiten Stockwerk stand und auf mein Signal nicht reagierte. Mein Klopfen an der Tür von Rouwler's Nichte blieb ohne Erfolg. Aus der Bar ging das Mädchen pünktlich weg. Sie wollte ihrem Onkel und mir einen Drink in den Keller bringen. Hatte der Gangster sie beobachtet. Sehr solide sah die Tür nicht aus. So oft ich auch an der Klinke rüttelte, sie blieb verschlossen. Da holte ich kurz entschlossen Schwung, rammte gegen die Füllung und konnte eintreten. Das Zimmer war unbenutzt und ohne Nichte. Nachdenklich stieg ich wieder die Treppe nach unten. In der ersten Etage stellte sich ein lackierter Gent in meinen Weg und fragte: "Entschuldigen Sie, Gentleman. Ich hörte, dass ein Detektiv im Haus sei. Sind Sie der Mann?"
"Der bin ich. Was wollen Sie von mir?" "Shaw ist mein Name. Ich bin der Geschäftsführer." "Helfen Sie mir bitte." "Wenn Sie hier der Boss sind, dann helfen Sie mir. Lassen Sie Ihr Personal nach Miss Rouwler suchen. Stellen Sie das Hotel auf den Kopf, viel ist jetzt sowieso nicht mehr zu verderben." "Sie kommen doch von oben, Mister. Ist Miss Rouwler nicht in ihrem Zimmer?"

"Ich habe eine Gegenfrage, Mister Shaw. Glauben Sie, ich habe auf dem Dachboden Ihre Mausefallen kontrolliert? Wenn Miss Rouwler in ihrem Zimmer gewesen wäre, stände sie jetzt vor Ihnen und ich brauchte nicht darum zu bitten, das Haus nach ihr absuchen zu lassen. Gehen Sie mir aus dem Weg und tun Sie, was ich Ihnen gesagt habe. Alles andere regeln Sie mit der Polizei."

Ich ging zurück in die Bar, um mit dem Barkeeper noch ein Wörtchen zu reden. Bevor ich mich jedoch an die Theke setzte, musste ich meine Hände waschen, ihre Sauberkeit hatte auf dem Dachboden erheblich gelitten. Im Vorraum der Herrentoilette benutzte ich die Waschgelegenheit und als ich mich abtrocknete, hörte ich ein leises schürfendes Geräusch. Es schien aus dem eigentlichen Hauptraum zu kommen und ich sah durch die offene Tür. Die kleinen Schilder der Kabinentüren zeigten alle auf 'Frei'. Das Geräusch wurde lauter. Es klang, als wenn etwas über den Boden schleifte. Langsam schob sich eine Kabinentür auf und durch den immer breiter werdenden Spalt schlurfte der Absatz von einem Damenschuh. Ich sprang zu der Tür, riss sie ganz auf und konnte Rouwler's Nichte noch festhalten, bevor sie auf den Boden fiel. Sie war ohnmächtig.
Aus einer entsetzlichen Kopfwunde sickerte hellrotes Blut und lief über ihr brutal zerschlagenes Gesicht. Das Kleid war nur noch ein Fetzen, der kaum mehr ihre Blöße bedeckte. Ich ließ sie behutsam auf den Boden

gleiten, schob ihr meine Jacke unter den blutenden Kopf und rannte in den Keller.

Die Sanitäter waren eingetroffen. Eben schleppten sie Rouwler auf einer Bahre die Treppe herauf. Im Vorübergehen fragte ich nach einer zweiten Bahre und erklärte ihnen, wo sie das nächste Opfer abholen sollten. Als ich in den Keller kam, war Doktor Fabian dabei, seine Instrumente einzupacken. "Schnell, Doc, kommen Sie mit. Ich habe Rouwler's Nichte gefunden; ich glaube, es sieht verdammt schlecht mit ihr aus." Er reagierte sofort und lief kurzatmig hinter mir her.

Das Mädchen lag noch so, wie ich es verlassen hatte. Ein bleicher Trottel lehnte neben ihr im Türrahmen und ergötzte sich sichtlich an ihren Formen. In mir suchte sich die Spannung der letzten Stunden einen Ausweg. Ich knallte dem geilen Kerl die Faust ins Gesicht, dass ihm sein verdorbenes Gehirn durcheinander rutschte und jagte ihn in die Bar zurück. Doktor Fabian kniete neben der Verletzten und untersuchte die Wunden. "Schlimm", sagte er. "Wahrscheinlich offener Schädelbasisbruch und ein Auge dürfte verloren sein." Die Sanitäter kamen mit der Bahre. Trotz ihrer Ohnmacht stöhnte die kleine Rouwler auf, als wir sie vorsichtig hinaus trugen. Fabian fuhr mit nach Elswick ins Hospital, er wollte auf dem Transport im Notfall helfen können. Ich atmete auf, als ich die roten Schlusslichter des Krankenwagens um die Ecke verschwinden sah.

Nach einer Viertelstunde betraten Inspektor Baltimore und sein Assistent Black die Halle im 'Moonlight'. Ich ging zu ihm und zum ersten Mal war unsere Begrüßung ohne die üblichen Sticheleien. Wir reichten uns die Hände und Baltimores Stimme hatte einen seltsamen Klang. "Die Sache nimmt wirklich grausame Formen an, Billy. Wenn es uns nicht bald gelingt einen Riegel davor zu schieben, sehe ich schwarz."

"Das sind auch meine Befürchtungen, Inspektor. Dabei wissen Sie noch nicht einmal alles. Nach unserem Gespräch am Telefon ging hier der Tanz weiter. Ich habe noch ein Mädchen gefunden; hoffen wir, dass sie nicht auch stirbt." Baltimore griff sich ans Herz und erbleichte. "Ist es Evelyn?" fragte er leise. Ich hätte mich ohrfeigen können. "Nein, Mister Baltimore, nein. Es war Rouwler's Nichte. Ich verdammter Esel hätte mich auch gleich besser ausdrücken sollen. Entschuldigen Sie bitte." "Schon gut, Billy. Pfui Teufel, ist mir jetzt der Schreck in die Knochen gefahren."

Ich fuhr mit dem Inspektor und Black zu dem Gangster, den ich auf der Flucht erschossen hatte und berichtete auf dem Weg dahin alles, was sich hier in den letzten Stunden ereignet hatte. Nur mit Mühe konnten wir uns einen Weg durch die Neugierigen bahnen, die im Kreis um den Toten herum standen und der Polizei die Arbeit erschwerten. Die zwei Konstabler, mit denen ich gesprochen hatte, begrüßten den Inspektor und erstatteten Bericht. Zwei andere Beamte knieten bei der Leiche und nahmen den Tatbestand auf. Baltimore stellte gezielte, informatorische Fragen, ordnet an, dass der Tote zur Constable-Station gebracht wurde und verhalf damit dem Zeremoniell zu einem schnellen Ende. Wir fuhren zurück ins 'Moonlight'.

Hier zeigte ich dem Inspektor Rouwler's Kellerzimmer, in dem die Tragödie begann und führte ihn dann in die Toilette, in der ich Rouwler's Nichte fand. Ich verschwieg dem Inspektor nicht die geringste Kleinigkeit. Geheimniskrämerei war jetzt fehl am Platze, zu viel Blut klebte nun schon an dem Fall Barth. Assistent Black hatte ein Protokoll angefertigt, ich unterzeichnete und schob es Baltimore zu. Der las sehr aufmerksam und gab es Black zurück. "Stecken Sie den Bericht in die Mappe, Black. Wir fahren noch einmal zur Station und beschnüffeln den Toten etwas genauer, vielleicht können wir bei ihm noch etwas finden, dass uns weiterhilft." Ich sollte auch mit kommen und nach fünf Minuten waren wir an Ort und Stelle.

Die Konstabler hatten die Taschen des Toten geleert und den Inhalt ordentlich auf einem Tisch sortiert. Es war nur der übliche Kram, den Männer im Allgemeinen mit sich herum tragen. Der Pass war auf den Namen 'Bill Scotter' ausgestellt und Baltimore drehte ihn nachdenklich in seinen Händen. "Wenn der Ausweis echt ist, werden wir damit einen Schritt vorwärts kommen. Jedenfalls können wir feststellen, wo sich Scotter bisher aufgehalten hat." Die genaue Durchsuchung der Kleider des Toten brachte nichts Neues. Der Inspektor beauftragte einen Constable die Fingerabdrücke der Leiche sicherzustellen und dann fuhren wir müde zurück ins Hotel 'Silverbird'. In der Halle brannte noch Licht und Howard trat uns mit ernstem Gesicht entgegen. "Good morning, Gentlemen", begrüßte er uns. "Kann ich noch etwas für Sie tun?" Es war 3.40 Uhr. Wir waren alle abgespannt und hatten eine Stärkung nötig. Ich wollte Gin, Baltimore und Black tranken auch einen. Der Hotelier servierte persönlich.

"Das Personal ist bereits abgetreten", entschuldigte er sich und strich mit seiner gepflegten Hand über einen Sessel. "Ich weiß nun, dass Sie von der Polizei sind und bin froh darüber, Sie in meinem Haus zu wissen. Es ist erschreckend, dass die Verbrechen nicht aufhören. Was das für Glouch und unsere Hotels bedeutet, brauche ich Ihnen, Gentlemen, nicht zu erklären. Wir hoffen alle, dass die Täter bald ihre gerechte Strafe erhalten und wenn ich Ihnen helfen kann, verfügen Sie bitte über mich." "Darauf wollen wir trinken", sagte ich, als Howard seine Rede beendet hatte. Als wir die leeren Gläser auf den Tisch stellten, fragte der Inspektor: "Mister Howard, Sie werden nun inzwischen auch erfahren haben, dass Miss Baltimore meine Tochter ist. Wann haben Sie das Mädel denn selbst zum letzten Mal gesehen? Verstehen Sie bitte, dass ich mir als Vater in der augenblicklichen Situation Sorge um mein Kind mache."

"Miss Baltimore kam gestern Abend gegen 21.00 Uhr ins Hotel. Der Zimmerschlüssel hängt nicht an der Rezeption, also muss sie auf ihrem Zimmer sein."

Baltimore begnügte sich nicht mit dieser Antwort. "Black, sehen Sie bitte nach, ob meine Tochter auf ihrem Zimmer ist. Klopfen Sie an die Tür, ich will Gewissheit haben." Black wälzte sich behäbig aus seinem Sessel. "Bleiben Sie hier, Mister Black", schnauzte ich, weil ich mich über seine Trägheit ärgerte. "Ich sehe nach Miss Baltimore." Die Ereignisse dieser Nacht haben uns nervös gemacht, dachte ich, als ich die Treppe zu den Gästezimmern hinauf stieg. Evelyn lag bestimmt friedlich schlummernd in ihrem Bett und würde lachen, wenn wir ihr von unserer Sorge um sie erzählten. Ich klopfte ganz verhalten an ihre Tür, weil ich sie nicht erschrecken wollte. Im Zimmer blieb alles ruhig. Dann hämmerte ich gegen das Holz und hatte auch keinen Erfolg. Die Tür war verschlossen, aber kein Schlüssel ragte aus dem Schloss. "Evelyn!" schrie ich und musste wie ein Stier gebrüllt haben, denn sofort hörte ich rennende Schritte auf der Treppe. Inspektor Baltimore jagte, vor Black und Howard, durch den Flur. Er sah mich wie ein waidwundes Reh an und warf sich, als er mein ratloses Schulterzucken sah, mit aller Kraft gegen die Tür. Allein schaffte er es nicht. Als ich ihm helfen wollte, winkte Howard ab.

"Warten Sie einen Moment, ich bringe den Hauptschlüssel!" Der Hotelier hastete nach unten und kam nach kurzer Zeit mit einem Universalschlüssel zurück.

Evelyn war nicht im Zimmer. Das zerdrückte Bett zeugte jedoch davon, dass sie sich schon nieder gelegt hatte. Der Raum war ordentlich aufgeräumt, keine

Kleidungsstücke lagen herum und nirgends zeigte sich eine Spur, die darauf schließen ließ, dass Evelyn mit Gewalt fortgeschleppt wurde. Baltimore riss den Kleiderschrank auf und wühlte in der Garderobe seiner Tochter. "Ihre Lieblingsfahne, ein Jackenkleid, ist nicht hier! Es würde mich sehr wundern, wenn sie es zu Hause gelassen hätte. Vielleicht trägt sie es heute? Billy, hatte Evy einen Mantel dabei?" "Ja, Inspektor. Auf der Fahrt hierher trug sie einen leichten, blauen Staubmantel." "Der hängt nicht im Schrank, sie muss ihn übergezogen haben. Das Mädel kann sich doch nicht freiwillig die ganze Nacht in der Gegend herum treiben, da stimmt doch etwas nicht!" Baltimore war weiß wie eine Kalkwand und ich sah bestimmt nicht viel besser aus. Wo mochte Evelyn sein?

In den anderen Zimmern begann es laut zu werden. Ich hatte mit meinem unbeherrschten Gebrüll die Schläfer aufgescheucht. Howard stand im Flur und beruhigte seine Gäste. Ich ging zu ihm und entschuldigte mich. Er winkte gelassen ab und sagte: "Machen Sie sich darüber keine Gedanken, Mister Hunter. Der Schreck fuhr uns allen in die Glieder. Ich bin jetzt schon an Reklamationen gewöhnt, denn Mister Scotter von Zimmer 12 schnarcht jede Nacht so laut, dass sich schon viele Gäste deshalb bei mir beschwert haben."

Baltimore war zu uns auf den Flur getreten und hatte Howards letzten Satz mit angehört. Fast behutsam legte er seine Hand auf die Schulter des Hoteliers und fragte: "Wie war der Name von Ihrem schnarchenden Gast?"

"Scotter, heißt der Gentleman, Inspektor." Baltimore rief seinen Assistenten zu sich. "Setzen Sie sich mit Mister Howard in den Wagen, Black und fahren Sie zur Station. Zeigen Sie ihm den toten Gangster, vielleicht ist der mit dem Hotelgast identisch."

"Was für einen Toten soll ich mir ansehen", fragte Howard kleinlaut. "Ist Mister Scotter etwas zugestoßen, Inspektor?"

"Vorläufig bitte keine Fragen, Mister Howard. Wir möchten erst Gewissheit haben, ob es Ihr Gast ist, der auf der Station liegt."

"Kommen Sie", sagte Black, zog den Hotelier leicht am Ärmel und stieg mit ihm die Treppe hinunter. In den Gästezimmern herrscht wieder Ruhe. "Inspektor, sagte ich leise und hatte dabei einen Hintergedanken. "Sehen Sie doch mal, Howard hat den Hauptschlüssel in der Tür stecken lassen." Trotz unserer Sorge um Evelyn lächelten wir uns an und Baltimore zog den Schlüssel aus dem Schloss. Jeder kannte die Gedanken des anderen und so war es nicht verwunderlich, dass wir ohne zu zögern zum Zimmer 12 liefen. Der Inspektor öffnete leise die Tür. Lautlos und butterweich schwang sie auf. "Ganz frisch geölt", flüsterte Baltimore und tastete nach dem Lichtschalter.

Scotter war nicht in seinem Zimmer. "Los, Billy, stecken wir unsere Nasen mal rein!" Wir gingen sofort an die Arbeit.

Es gab keinen Winkel, den wir nicht durchsuchten. Wir rissen die Betten auseinander und hoben den Fußbodenbelag an. Wir suchten auf den Gardinenleisten und hinter dem Heizkörper. Baltimore knöpfte sich Scotters Anzüge vor, ich durchstöberte die Wäsche. Umsonst, wir fanden nicht den kleinsten Hinweis, der uns weitere Aufschlüsse über Scotter gegeben hätte. Enttäuscht stellten wir die Suche ein und sahen uns wortlos an. Da sagte jemand an der Tür: "Sie arbeiten zwar sehr gründlich, aber wie ich sehe, erfolglos, Gentlemen."

Erschrocken starrten wir zur Tür. Der Inspektor war schneller als ich, er stand auch günstiger. "Evelyn", stammelte er und riss sich seine Tochter an die Brust, dass ich um ihre Gesundheit bangte. "Mein Girl", lachte Baltimore mit feuchten Augen, "wo bist Du bloß gewesen?" Evelyn strahlte. "Ich habe Detektiv gespielt, Daddy, und bringe fette Beute. Vielleicht lässt Du mich jetzt wieder los, damit ich Billy begrüßen kann!" Wegen dieser Madonna hatten wir uns die Bärte gerauft und nun stand sie quietsch vergnügt an der Zimmertür und beobachtete seelenruhig unseren gesetzwidrigen Einbruch. Der Inspektor mahnte zum Rückzug. In aller Eile versetzten wir das Zimmer wieder in seinen ursprünglichen Zustand und Baltimore sagte, nach einem prüfenden Blick: "Kommt jetzt, raus hier! Wir setzen uns in die Halle und warten, bis Black mit Howard zurückkommt."

Vor den Fenstern graute schon der junge Morgen, als wir uns müde, aber froh in die Sessel der Halle fallen ließen. "Ja, Mädel, hier war heute Nacht allerhand los, doch davon später. Erst bis Du mit Deinem Bericht an der Reihe. Schieße los, wir sind ganz Ohr!" Evelyn richtete sich in ihrem Sessel auf, holte tief Luft und begann: "Es war gestern Abend gegen 21.00 Uhr, als ich auf mein Zimmer ging. Ich wollte oben auf Dich warten, Billy." Der Inspektor grinste wie ein überhitztes Bügeleisen und drohte scherzhaft mit dem Finger. Worauf seine Tochter keusch die Augen niederschlug und mit komisch unschuldigem Gesicht sagte: "Ich hatte zwar kein Licht eingeschaltet, lag aber völlig angezogen auf meinem Bett, Daddy! Nur der fahle Lichtschein der Straßenlaternen erhellte mein Zimmer. Die Ereignisse der letzten Tage schwirrten mir durch den Kopf und ich fühlte mich sehr allein. Das Warten machte mich ungeduldig, ich stand auf und trat ans Fenster. - Da man Dir, Billy, das Zimmer mit Seeblick einräumte, kann ich leider nur den Platz vor dem 'Silverbird' als Ausblick genießen." Hier unterbrach Baltimore seine Tochter. "Fasse Dich etwas kürzer, Evy!"

"Störe meine Beichte nicht, Grausamer", schmollte Evelyn mit verschmitztem Lächeln. Der Inspektor zuckte mit verzweifeltem Blick die Schultern und Evelyn erzählte weiter: "Ich stand also am Fenster und sah hinunter auf den Vorplatz. Da trat ein Mann aus dem Hotel und lief langsam über den erleuchteten Platz. - Du, Billy, ich bekam einen fürchterlichen Schreck. Er hatte genau den gleichen Gang, den ich in der Nacht, als man Dich in Deinem Zimmer umbringen wollte....." "Was höre ich da", zischte Baltimore drohend und sprang auf. Evelyn zog ihren Vater ungerührt in den Sessel zurück und sprach seelenruhig weiter: ."....unter Deinem Bett hindurch, bei dem Eindringlich gesehen hatte. Als ich dann, wie fasziniert auf diesen Mann

124

starrte, trat noch ein anderer in den Lichtschein der Laternen. Er winkte den Mann, der aus unserem Hotel gekommen war zu und verschwand wieder im Dunkel. Erkannt hatte ich ihn aber trotzdem, - es war Rinetti, der dicke Pächter vom Kurhotel in Green at Sea. - Das erschien mir alles sehr seltsam und da ich gern wissen wollte, was das zu bedeuten hatte, zog ich mir meinen Mantel über und rannte aus dem Hotel. Ich benutzte natürlich den hinteren Ausgang, doch bis ich auf den Vorplatz kam, war der leer. Suchend sah ich mich um und erkannte dann die beiden Männer wieder, die sich gerade vor dem 'Moonlight' voneinander verabschiedeten. Der Mann mit dem komischen Gang verschwand durch die Eingangstür des 'Moonlight' und Rinetti kam allein zum Vorplatz des 'Silverbird' zurück."

Hier wagte ich eine Unterbrechung. "Halt, Evelyn!" Kannst Du mir sagen, wie viel Uhr es war, als 'der Mann mit dem komischen Gang' das 'Moonlight' betrat?" "Nicht genau, Billy! Meine Armbanduhr pflege ich in der Nacht abzulegen und deshalb lag sie auf dem Nachttisch in meinem Zimmer - doch ungefähr 22 Uhr 30 kann es gewesen sein -." "Danke, nun erzähle weiter!"

"Rinetti kam also vom 'Moonlight' zurück und ich konnte mich eben noch vor ihm verstecken. Er lief ein kurzes Stück die Straße lang und bestieg dann einen Wagen. Nach ein oder zwei Minuten hörte ich seinen Motor anspringen und er fuhr davon." Sie legte eine kleine Atempause ein, lehnte sich zurück und sagte:

"Du warst gestern Abend so nett und hast mir Deinen Flitzer anvertraut - ein prima Fahrzeug -, die Zündschlüssel hatte ich noch in der Tasche." Sie langte in die Tasche ihres Jackenkleides und reichte mir meine Wagenschlüssel herüber. "Hier, nimm sie gleich zurück und nochmals vielen Dank, Billy. Es gab also für mich kein Überlegen, ich nahm den Flitzer und jagte hinter Rinetti her."

Baltimore schlug sich mit der flachen Hand an die Stirn und stöhnte: "Oh, was bin ich für ein Hornochse! Wenn wir auf dem Parkplatz nachgesehen hätten, wäre uns viel erspart geblieben, Billy." "Trösten Sie sich, Inspektor. An den Flitzer habe ich auch nicht gedacht." Wir zogen beide selbstkritisch die Nasen hoch und Baltimore forderte seine Tochter mit einer Geste auf, weiter zu sprechen. "Ich musste ganz schön Gas geben, um Rinetti einzuholen. Kurz vor Green at Sea sah ich dann die Rücklichter seines Wagens vor mir und fuhr mit großem Abstand hinter ihm her." Der Inspektor meldete sich wieder zu Wort: "Woher wusstest Du denn, da es Rinettis Wagen war, den Du vor Dir hattest, Evy?" "Lieber Daddy! Der Gedanke, dass es nicht Rinetti sein könnte, kam mir überhaupt nicht. Nachts ist nicht mehr so viel Verkehr auf dieser Straße, dass ich dies befürchten musste."

Baltimore sah mit leichtem Zwinkern zu mir herüber und ich kniff ein Auge zu. Evelyn bemerkte unser neckisches Spielchen und war leicht sauer.

"Ihr braucht Euch nicht über mich lustig zu machen! Ich hatte ja Glück, es war tatsächlich Rinettis Wagen, den ich verfolgte. In Green at Sea bog er in den Parkplatz des Kurhotels ein. Ich stoppte sofort, schaltete die Scheinwerfer ab und blieb auf der Straße stehen. Als ich noch überlegte, was ich tun sollte, trat Rinetti wieder auf die Straße und ging in Richtung Quelle davon. Ich wollte natürlich wissen, warum der Dicke mitten in der Nacht zur Quelle lief, ließ den Flitzer stehen und schlich hinter ihm her. Bei der Verfolgung zog ich die Schuhe aus, weil sie auf dem Asphalt zu laut klapperten. Das kosten Dich ein paar neue Strümpfe, Daddy, denn ich habe jetzt nur noch Fetzen an den Füßen. Rinetti lief auf der linken Straßenseite, ich, als wohlerzogenes Polizistentöchterchen, benutzte die rechte."

Sie verbeugte sich artig vor ihrem Vater und setzte dann ihren Bericht fort: "Es war stockdunkel und ich sah Rinetti nur als schwarze Masse vor mir. Dort, wo der Waldweg zur Quelle abzweigt, blieb er stehen. Ich sprang hinter einen dicken Straßenbaum, der mich fast ganz verdeckte. Rinetti sah sich prüfend nach allen Seiten um, aber ich stand prima, mich entdeckte der Gentleman nicht. Da bückte er sich, hob etwas Weißes mit sichtlicher Anstrengung hoch und setzte es seitlich ab. Leider konnte ich nicht erkennen, was es war. Dann kramte er in seiner Jacke herum, zog etwas aus der Tasche und beugte sich nieder. In dieser Hockstellung blieb er eine Weile, richtete sich später wieder auf und hob den schweren Gegenstand an seinen ursprünglichen Platz zurück. Nun verschwand er im Gebüsch neben der Straße, ich hörte Zweige knacken und glaubte, er würde sich entfernen. Langsam schob ich mich hinter dem Baum hervor, um ihn weiter zu verfolgen. Plötzlich trat Rinetti wieder auf die Straße. 'In den Straßengraben', dachte ich und lag schon drin. Ich war mir nicht sicher, ob er mich gesehen hatte und war darauf gefasst, im Notfall sofort im Wald zu verschwinden. Passieren konnte mir nicht viel, denn so schnell wie ich konnte der dicke Kerl bestimmt nicht laufen. Dann hörte ich seine nahenden Schritte und bekam es doch ein wenig mit der Angst zu tun, doch er ging an mir vorbei ohne mich zu entdecken.

Wie lange ich im Graben liegen blieb, weiß ich nicht. Mir erschien alles so unwirklich, wie auf einem Hexentanzplatz und ich wartete lange, ehe ich die Stelle besichtigte, an der Rinetti seinen Kraftakt gezeigt hatte. Der schwere weiße Gegenstand war ein Meilenstein. Ich versuchte ihn aufzuheben, doch dazu reichten meine Kräfte nicht. Vorsichtig schlich ich mich zum Wagen zurück und fuhr heimwärts.

Damit hier niemand meine späte Rückkehr bemerkte, gab ich weit vor dem 'Silverbird' noch einmal kräftig Gas und rollte mit abgeschaltetem Motor fast geräuschlos auf den Parkplatz. Ich betrat das Hotel und als ich oben durch den Flur lief, entdeckte ich die nur angelehnte Zimmertür von Nummer 12. In diesem Zimmer ertappte ich zwei Gentlemen, die offensichtlich soeben eine Durchsuchung beendet hatten. Als ich die beiden ansprach, begrüßten sie mich, als wäre ich von den Toten auferstanden.

So, nun wisst ihr alles! Mehr habe ich nicht zu erzählen. Jetzt zieht Eure Schlüsse daraus und entschuldigt mich, denn ich bin zum Umsinken müde und gehe einige Stunden ins Bett. Immerhin bin ich Feriengast und ich will mich erholen. Etwaige Rückfragen werden morgen in meiner Kanzlei erledigt. Good night, Gentlemen!"

"Starker Tobak", brummte Baltimore besorgt, aber nicht ohne Stolz auf seine unternehmungslustige Tochter. "Ich glaube, es wird das Beste sein, Evelyn nach Hause zu schicken. Sie setzt sich hier Gefahren aus, die ihr den Kopf kosten könnten."

Black kam mit Howard von der Station zurück.
Der Hotelier ließ sich erschöpft in einen Sessel sinken. "Ja, Gentlemen, der Tote war unser Gast. Damit wird mein Hotel wieder in den Strudel der Ereignisse gerissen." Black reichte dem Inspektor ein eng beschriebenes Blatt Papier. "Mister Howard hat auf der Station einige Angaben über Scotter gemacht, deshalb sind wir etwas länger ausgeblieben, Inspektor." Baltimore las den Bogen aufmerksam durch und schob ihn dann zu mir herüber. Howards Angaben waren klar formuliert, sagten aber nicht viel Neues. Nur die Tatsache, dass Scotter bereits am 20. Juni im 'Silverbird' abgestiegen war, also fast sechs Wochen hier gewohnt hatte, interessierte mich. "Mister Howard",

fragte Baltimore. "Ist Scotter mit einem Auto bei Ihnen eingetroffen oder reiste er mit der Bahn an?"
"Er kam mit seinem Wagen, Inspektor. Das Fahrzeug muss in der Garage stehen." Baltimore erhob sich ächzend aus dem Sessel. "Dann werden wir uns das Vehikel mal ansehen."

Es war schon heller Tag, als wir über den Vorplatz des Hotels zur Garage gingen. Black fuhr den Wagen auf den Parkplatz, stieg aus und untersuchte die Reifen. Baltimore öffnete den Kofferraum und mich interessierten die Fußmatten vor den Sitzen. Vorsichtig zog ich die Vordere aus dem Wagen und legte sie behutsam auf den Asphalt. Baltimore trat zu mir. "Der Kofferraum ist leer und fleckenlos sauber", murmelte er etwas enttäuscht und beugte sich mit mir über die Matte. Wir zogen gemeinsam die groben Maschen auseinander und suchten lange vergebens. Auf der linken Seite der Matte, dort wo die Füße des Beifahrers stehen, entdeckten wir es zur gleichen Zeit und unsere Hände stießen zusammen, als wir hastig zugreifen wollten. Ich überließ es Baltimore, das rote Lehmklümpchen aus dem rauen Geflecht zu lösen. Er hielt es triumphierend hoch und fragte verschmitzt: "Schnüffler, Sie begnadeter Kriminalist, was sagt Ihnen dieses Stückchen Lehm?" "Lassen Sie Ihre Ironie, Inspektor. Jetzt haben wir den Beweis, dass Simone Barth und Joel Richards den gleichen Mördern zum Opfer fielen."

"Richtig, Billy, denn Rouwler wollte eine Aussage im Fall Barth machen, Scotter verhinderte das und dokumentierte damit, dass er durch diese Aussage belastet worden wäre. Die Fußmatte beweist, dass in Scotters Wagen ein Mann saß, der rohen Lehm an den Füßen hatte. Selbst wenn Scotter den Wagen nicht selbst fuhr, muss er zumindest die Leute gekannt haben, die das Auto benutzten. Das zeugt davon, da er auch bei Richards Ermordung die Hände mit im Spiel hatte. Wenn jetzt noch das Profil der Reifen dieses Wagens mit den Abdrücken auf dem Waldweg zur Blockhütte übereinstimmen, wissen wir auch, dass Richards mit Scotters Wagen transportiert wurde." Mit dem Erfolg gaben wir uns zufrieden und Black fuhr Scotters Erbstück wieder in die Garage.

"Was halten Sie vom schlafen, Inspektor?" fragte Black respektlos seinen Vorgesetzten, als er zurückkam. Baltimore sah ihn nicht sehr freundlich an. "Halten Sie sich noch zehn Minuten aufrecht, Black. Ich werde mit Howard sprechen, vielleicht hat der ein Himmelbett für Sie frei."

"Nun, Gentlemen, haben Sie etwas gefunden", wollte Howard wissen, als wir in die Halle kamen.
Baltimore schüttelte den Kopf. "Nichts besonderes, Mister Howard. Können Sie meinen Assistenten und mich für ein paar Stunden in Ihrem Haus unterbringen? Wir brauchen eine Mütze Schlaf und möchten nicht erst nach Green at Sea zurück, da wir hier noch eine Menge Arbeit haben." "In meinem Büro steht eine Couch und

im Wohnzimmer auch. Wenn Sie sich damit begnügen, Inspektor, soll es mir eine Ehre sein."

Baltimore nahm das Angebot dankbar an. Auch ich war müde, aber schlafen wollte ich jetzt nicht. Der Meilenstein ließ mir keine Ruhe. Was hatte Rinetti dort getrieben?

Nach Evelyns Erzählung musste der Stein fast an der Stelle, wo Richards den Kraftfahrer anhielt und seine Frau zu ihm in den Wagen setzte. Ich lief in mein Zimmer, benötigte kurze Zeit für die Morgentoilette und stieg dann in den Flitzer. Der Fahrtwind wehte mir die letzte Müdigkeit aus dem Gesicht und schon bald war ich an dem Ort von Evelyns nächtlichem Abenteuer. Der Meilenstein stand etwa zehn Yards vor der Abzweigung des Waldweges zur Quelle. Er war von kurzem Gras umwachsen und unterschied sich durch nichts von anderen seiner Gattung. Ich musste ihn ein ganzes Stück anheben, bevor ihn der Boden freigab. Dabei hörte ich im Unterholz des nahen Waldes ein leises Knacken. Um im Gras neben der Fahrbahn keinen Abdruck zu hinterlassen, stelle ich den Meilenstein auf den Asphalt der Straße. Erst jetzt konnte ich das Unterholz mustern. Ich sah nichts Verdächtiges, vielleicht hatte ich einen Vogel aufgeschreckt. Ich kniete nieder und war gespannt, was ich in dem quadratischen Loch, das der Stein im Boden hinterlassen hatte, finden würde.

Auf dem Grund stand, mit loser Erde schlecht abgedeckt, eine kleine Stahlkassette. Weil ich mit meinen Fingerabdrücken diesmal sparsamer umgehen wollte, zog ich mir die Fahrerhandschuhe über. Ich hob die Kassette aus dem engen Schacht. Sie hatte ein kompliziertes Schloss, das ich ohne die erforderlichen Instrumente nicht öffnen konnte. Trotzdem war es nicht schwer festzustellen, dass sie leer war, denn beim Schütteln gab es kein Geräusch und keine Verlagerung des Schwerpunktes. Als Evelyn heute Nacht sah, dass Rinetti etwas hinterlegte, konnte sie sich kaum geirrt haben. Also musste nach Evelyn jemand hier gewesen sein, der die Kassette wieder entleerte. Wenn meine Annahme richtig war, dann benutzte man den Meilenstein als einen geschickt gewählten Übergabeort für etwas, das nicht sehr groß, aber sehr wertvoll sein musste. Kleine wertvolle Dinge, die unter der Hand verschoben wurden, konnten gestohlene Edelsteine, Opiate oder Falschgeld sein. Für Falschgeld erschien mir die Kassette zu klein, das konnte man bestimmt ausschließen. Ich hob den Stein in sein Fundament zurück und verwischte alle Spuren. Rinetti sollte noch nicht merken, dass sein Versteck entdeckt war.

Es war ein wunderschöner Morgen, von meiner Müdigkeit verspürte ich kaum mehr etwas und vieles war noch zu tun. Wenn ich jetzt nach Elswick fuhr und es Rouwler schon besser erging, konnte ich vielleicht mit ihm sprechen und mehr über den Mord an Simone Barth erfahren. Eventuell konnte seine Nicht auch eine Aussage machen. Erst musste ich mich auf den Weg konzentrieren, doch als ich auf der direkten Straße nach Elswick fuhr, konnten meine Gedanken spazieren gehen. Howard hatte, in dem von mir erschossenen

Gangster, einen Gast seines Hauses erkannt, der bereits seit sechs Wochen im Hotel wohnte. Am 20. Juni stieg Scotter im 'Silverbird' ab. Wo war er am 17. Juni als Simone Barth ermordet wurde?

Evelyn sah auf dem Vorplatz des 'Silverbird' einen Mann, der den gleichen Gang wie der Eindringling in meinem Zimmer hatte. Rinetti traf sich mit ihm und fuhr dann nach Green at Sea zurück, während der andere in das 'Moonlight' ging. Wie Evelyn sagte, muss das gegen 22.30 Uhr gewesen sein. Wenn es Scotter war, und die Uhrzeit ließ das durchaus möglich erscheinen, dann war er auch der Mann, der mich in meinem Zimmer umlegen wollte.

Den Überfall in der ersten Nacht am Strand musste aber ein anderer Mann auf mich verübt haben, denn ich hörte Scotter in seinem Zimmer schnarchen als ich durch den Flur schlich. Zugegeben, ich hatte beim Öffnen der Terrassentür Geräusche verursacht und Scotter konnte aufgewacht sein, doch so laut war das Knarren der Tür nicht, dass man es bis hinauf zu den Gästezimmern hören konnte. Den Schlag auf den Kopf hatte ich wahrscheinlich einem Kerl zu verdanken, der mir noch nicht bekannt war. Trotz der vielen Fragen war mir nicht bange, denn die Dinge kamen ganz schön ins Rollen.

Elswick war ein typisch schottisches Städtchen und als ich durch die engen romantischen Straßen fuhr, rieben sich wohl die meisten Bürger noch den Schlaf aus den Augen. Erst auf dem Marktplatz fand ich eine alte Frau, die mir den Weg zum Hospital beschreiben konnte. Hinter dem Schiebefenster der Anmeldung saß eine blütenweiße Schwester, die mir freundlich lächelnd ihr gesundes Zahnfleisch zeigte. "Good morning", sagte sie. "Was kann ich für Sie tun, Mister?" "Ich möchte mich nach dem Befinden der zwei Patienten erkundigen, die heute Nacht eingeliefert wurden. Können Sie mir eine Aussprache mit dem zuständigen Arzt vermitteln, Schwester?" "Sie meinen den älteren Mann mit der Schussverletzung und die junge Miss, Gentleman?" "Wir verstehen uns glänzend, Schwester. Genau die beiden interessieren mich." "Gedulden Sie sich einen Augenblick", zwitscherte die reizende Karbolmaus und schob ihr Fenster zu. Es dauerte nicht sehr lange, als sich die Tür der Anmeldung öffnete und die Schwester ihre gute Figur sehen ließ. Donnerwetter, dachte ich, bei solchem Personal musste jede Krankheit erträglich werden. "Nehmen Sie bitte da drüben Platz, Gentleman." Doktor Morris wird sofort herunter kommen."

Doktor Morris kam und mit ihm der Landarzt Fabian aus Glouch, dem man die schlaflose Nacht ansah. Doktor Fabian übernahm die Vorstellung und klärte den Hospitalarzt über meine Tätigkeit auf. Morris hörte geduldig zu und fragte mich dann: "Sie möchten wissen, wie es den beiden Patienten geht, Mister Hunter?" "Wenn ich ehrlich sein soll, Doktor, bin ich mit der Hoffnung hierher gefahren, dass ich Mister Rouwler oder seine Nicht sprechen kann." "Das ist unmöglich. Das Mädchen ist noch nicht bei Bewusstsein und macht mir Sorgen. Sie ist schlechter dran, als ihr Onkel. Doch auch der ist durch den großen Blutverlust so geschwächt, dass es unverantwortlich wäre, ihn schon jetzt einer Befragung auszusetzen." Ich musste seine Argumente akzeptieren.

"Das tut mir leid, Doktor Morris. Rouwler's Aussage in dem Mordfall Barth ist sehr wichtig, sie kann zur Ergreifung des Mörders führen und wir brennen darauf, ihn vernehmen zu können. Wann glauben Sie, wird es möglich sein mit ihm zu sprechen?"
"Geben Sie dem Mann noch vierundzwanzig Stunden, Mister Hunter, wir wollen hoffen, dass er dann über den Berg ist." Das war ein Jammer, aber nicht zu ändern. "Ich werde morgen wieder vorbeikommen, Doc. Jetzt will ich Ihre Zeit nicht länger in Anspruch nehmen. Good bye, Gentleman." Doktor Fabian fragte mich, ob ich ihn mit nach Glouch nehmen könnte und ich willigte ein. Die Rückfahrt verlief sehr schweigsam. Fabian machte ein Schläfchen und ich genoss die herrliche Landschaft. Als wir in Glouch einfuhren, weckte ich den Arzt und ließ mich von ihm zu seinem Haus lotsen. Dort murmelte er gähnend seinen Dank.

Ich fuhr zum 'Silverbird'. Der Portier winkte mich an die Rezeption. Inspektor Baltimore ließ mir ausrichten, dass er zur Constable-Station gefahren sei und gegen zehn Uhr ins Hotel zurückkommen wollte. Im Frühstückszimmer fand ich 'unseren' Tisch gedeckt und unberührt vor. Evelyn schlief wohl noch den Schlaf der Gerechten. Ich bestellte mir nach dem Breakfast noch eine Portion Kaffee und las die Morgenausgabe der lokalen Zeitung.

Der Mord an Richards wirbelte gewaltigen Staub auf und die Reporter verstiegen sich in die gewagtesten Kombinationen. Baltimore trat an den Tisch, nahm sich den freien Stuhl und begrüßte mich auf seine Art. "Good morning, Schnüffler. Haben Sie auch schon ausgeschlafen?" "Morning, Inspektor. Ich hörte schon vom Portier, dass Ihr ausgeprägtes Pflichtbewusstsein Sie nicht lange schlafen ließ. Sie sind ein Teufelskerl, Mister Baltimore." "Reden Sie nicht so blöd, Billy. Jeder kann nicht so lässig leben wie Sie." Er bestellte Kaffee.

"Meine Leute sind in Glouch eingetroffen. Drüben im 'Moonlight' haben wir unsere Arbeit bereits abgeschlossen. Unser Doktor Cannes, Sie kennen ihn oder wenigstens seinen Namen, untersucht Scotters Leiche. Die Spurensicherer sind an der Blockhütte und müssen bald zurück sein. Ich lasse recherchieren, wo Scotter vor dem 20. Juni herum gegammelt ist und ob der Pass mit den Personalien echt ist. Mehr kann ich im Augenblick nicht tun."

Er griff zur Kaffeetasse, trank und fluchte, weil er sich die Zunge verbrannt hatte. Ich musste lachen und brachte ihn damit noch mehr auf Touren. Mit blitzenden Augen fuhr er mich an: "Lachen Sie nicht! Wenn sich ein überarbeiteter Mensch das Maul verbrüht, ist das keine Volksbelustigung." Ich sagte ihm, dass ich vormittags für Situationskomik besonders anfällig wäre und er beruhigte sich schnell.

"Wir haben heute früh etwas versäumt, Schnüffler. Aber daran war wohl unsere Müdigkeit schuld."

"Und das wäre", frage ich unschuldig, weil ich ahnte, was er meinte. "Wir hätten uns noch den Meilenstein ansehen sollen." Ich versuchte mein Grinsen hinter der Tasse zu verbergen, aber Baltimore sah es trotzdem. Er kniff ein Auge zu und sah mir prüfend ins Gesicht. "Sie waren am Meilenstein?" Ich berichtete dem Inspektor von meiner Entdeckung und erzählte auch von dem Besuch im Hospital.

"Das haben Sie gut gemacht, Billy. Es wird auch höchste Zeit, dass ich in dieser Sache weiter komme. Der Yard heizt mir mächtig ein. Die in London meinen, dass man in der Provinz die Mörder mit dem Schmetterlingsnetz fangen kann. Dabei habe ich doch hier keinerlei Unterstützung und es zählen nur meine Leute, die Konstabler von der Station können ja nur den Verkehr regeln."

"Ich vermisse den Namen Billy Hunter im Text Ihrer traurigen Ballade, lieber Inspektor. Aber Undank war schon immer der Welt Lohn, vergessen wir es. Sie sagten, Doktor Cannes untersucht die Leiche von Scotter. Vielleicht hat er feststellen können, ob Scotter beim Laufen seinen rechten Fuß etwas nach innen setzte?" Baltimore dachte kurz nach. "Kommen Sie mit, Billy. Der Kaffee soll kalt werden. Wir fahren zur Station."

Im Wagen musste ich Baltimore von dem nächtlichen Überfall in meinem Zimmer erzählen und als ich am Ende war, kratzte er sich am Kopf.

"Meinen Sie nicht auch, Billy, dass es besser wäre Evelyn nach Hause zu schicken?"

"Besser wäre es schon, aber ich befürchte, Evelyn wird nicht gehen." Wir waren an der Station und stiegen aus dem Wagen. Doktor Cannes, Arzt vom Mord-Dezernat 3, zog sich eben die Jacke über, als wir ins Zimmer traten.

"Sind Sie mit Ihrer Untersuchung fertig, Doc?", fragte Baltimore und zog mich zu dem Medizinmann. "Das ist Billy Hunter. Der Kerl pfuscht auch mit hier herum und hat Scotter auf dem Gewissen."

"Ärgern Sie sich nicht über den Inspektor, Mister Hunter. In Ihrer Abwesenheit spricht er ganz anders über Sie."

"Ach was, Doktor. Machen Sie den Schnüffler nicht größenwahnsinnig. Aber zur Sache, konnten Sie an der Leiche feststellen, ob Scotter gehbehindert war? Das heißt, ob er beim Laufen eine besondere Fußstellung hatte?" Wortlos überreichte der Arzt dem Inspektor seinen Bericht und zeigte auf einen bestimmten Absatz des Schreibens.

Baltimore las laut vor.

."...Das rechte Fußgelenk zeigt eine Verwachsung, die wahrscheinlich durch eine frühere Fraktur entstanden ist; der rechte Fuß stellt sich dadurch stark nach innen....."

Er gab das Schreiben an den Arzt zurück und sagte zu mir: "Dann war also Scotter auch in Ihrem Zimmer und wollte Sie umlegen. Vielleicht war es gut, dass Sie die giftige Natter ausgelöscht haben."

Was Baltimore noch zu erledigen hatte, interessierte mich nicht mehr. Ich ging vor das Haus und blieb wartend auf der Straße stehen. In einem kleinen Gemüsegarten neben dem Stationsgebäude hackte ein Mann im Unkraut herum. Er arbeitete mit nacktem Oberkörper, aber seine untere Hälfte war mit der Hose eines Konstablers bekleidet. Ich lehnte mich auf den Zaun und fragte: "Wie gedeiht der Blumenkohl, Mister?" Er unterbrach seine Arbeit, stützte sich auf die Hacke und sagte: "Er wird sich auch in diesem Jahr wesentlich von den Erdbeeren unterscheiden, Mister Hunter."

"Nanu, Sie kennen mich? Sollte mein Steckbrief schon eingetroffen sein?"

"Bis jetzt liegt noch nichts gegen Sie vor, Mister Hunter. Ich kenne Sie, weil ich heute Nacht im Dienst war und Sie mit dem Inspektor bei Scotters Leiche sah. Groat, ist mein Name." "Dann sind Sie der Constable Jeff Groat, der den Bericht über den Mord an Simone Barth gemacht hat?" "Der bin ich, Mister Hunter. Wir waren in dieser Nacht alle ganz schön angefeuchtet, aber der Mord hat uns schnell ernüchtert."

"Ich kenne Ihren Bericht, Groat. Sie waren als Zweiter am Tatort, nachdem Salter die Leiche fand. In Ihrem Bericht heißt es, dass Salter, als er in das Terrassenzimmer kam, seinen Bademantel fest an sich presste."

"So war es auch, Mister Hunter. Salter hatte seinen Bademantel am Strand ausgezogen und über den Arm gehängt. Ich erinnere mich daran genau, weil er den

Mantel auch dann noch nicht überzog, als er vom Strand zurück kam und vor Kälte zitterte. Als ich ihm sagte, er solle doch den Bademantel umhängen, lehnte er ab und ging auf sein Zimmer um sich anzukleiden."

Baltimore trat aus der Station, sah mich am Zaun lehnen und meckerte: "Hier stehen Sie rum, Hunter. Ich suche Sie im Haus wie eine Stecknadel und vertrödele damit meine kostbare Zeit. Kommen Sie mit zurück ins 'Silverbird' oder wollen Sie weiter den Zaun festhalten?"
"Stecken Sie mich doch in Ihre Jackentasche, Inspektor, dann bin ich für Sie immer griffbereit. Ich komme natürlich mit."

Als wir vor dem 'Silverbird' aus dem Wagen stiegen, stand die Garagentür weit offen. Der Inspektor sah hinein und wahrscheinlich frage er seine Leute vom Spurendienst, als er sagte: "Wie sieht es aus, Gents, war Scotters Wagen an der Blockhütte?"
Ich hörte, wie jemand Baltimores Frage mit einem 'Yes' beantwortete und ging ins Hotel.

Evelyn war am Strand. Sie lag auf ihrem feuerroten Bademantel, hielt die Augen geschlossen und glänzte vor Sonnenöl wie eine Sardine. Der Bikini brachte ihre Formen voll zur Geltung und ich legte für Adams Rippe eine Gedenkminute ein, weil man sagt, dass aus ihr das Weib geschaffen wurde. "Gesalbt mit den Wohlgerüchen des Orients ruht dieser edle Leib auf Purpur gebettet und die Wächter des Sultans stehen staunend und stumm!" Erschrocken setzte sie sich auf. "Billy, muss denn das sein? Man spürt Deine Blicke fast auf der Haut. Komm, setz Dich zu mir." "Wenn es so ist, hast Du unter meinen Blicken erstaunlich lange stillgehalten. Warum störst Du meine Andacht und die Flut der wohl gesetzten Worte?" Sie lächelte mich verführerisch an. "Ach, Billy, wenn ich Dir nur einmal böse sein könnte." "Warte ab, Suleika, das wird noch früh genug geschehen." Ich setzte mich neben sie in den Sand, obwohl sie mir ein Stück von dem Bademantel anbot. Aber, ihre unmittelbare Nähe hätte jetzt meiner Moral geschadet.

Sie sah mir kritisch ins Gesicht. "Du warst nicht im Bett?" "Woher weiß Du das? Wolltest Du Deinen ergebenen Diener zu nächtlicher Stunde in seinen Gemächern aufsuchen und warst enttäuscht ihn dort nicht vorzufinden?" "Aber, Billy, für was hältst Du mich?" Jetzt wurde es Zeit meine blödsinnige Rederei aufzugeben. "Ich halte Dich für ein reizendes Mädchen, Evelyn." "Du bist aber nicht reizend. Du hast tiefe Falten im Gesicht und daran erkenne ich, dass Du nicht geschlafen hast. Wo warst Du? Bitte, sag es mir."
"Zunächst möchte ich Dich darauf aufmerksam machen, dass ein Mann nicht unbedingt schön sein muss. Schönheit ist der alleinige Vorzug des weiblichen Geschlechts. Wenn Du aber unbedingt die Entstehungsgeschichte meiner Falten hören willst, dann muss ich bekennen, dass ich wahrhaftig nicht im Bett war. Ich habe mir den Meilenstein angesehen, den Du so geheimnisvoll empfohlen hast, war im Hospital in Elswick und auf der Constable-Station."

"Was hast Du am Meilenstein gefunden, Billy?" "Ich habe ihn aus seinem Fundament gehoben und eine Kassette entdeckt. Leider war sie leer." "Aber ich habe doch genau gesehen, dass Rinetti etwas in das Loch gelegt hat." "Dann hat es eben wieder jemand herausgeholt, liebes Mädchen."

"Hallo, Ihr Urlauber", sagte Baltimore und setzte sich schnaufend neben seine Tochter. "Good morning, Daddy", flötete Evelyn und streckte ihm die verölte Hand entgegen. Baltimore schüttelte sich wie ein nasser Hund. "Diese verschmierte Hand drücke ich Dir nicht, auch wenn ich damit gegen die Regeln des sogenannten Anstandes verstoße. Ich hab mit Dir zu reden, Evy."

Weiter konnte ich die Unterhaltung nicht verfolgen, denn ich wurde durch ein Geräusch abgelenkt. Es war das Klicken, da ich vor ein paar Stunden im Gebüsch neben dem Meilenstein gehört hatte. Interessiert drehte ich mich um, weil ich feststellen wollte, wie das Klicken hierher kam und wer es erzeugte. Ein beleibter Gent fotographierte hinter mir seine Partnerin, die ihre braunen Glieder malerisch im Sand räkelte. Diese Feststellung war wenig erfreulich. Wenn sich die Sache so verhielt, musste ich annehmen, dass die Gangster den Meilenstein mit einer Kamera gekoppelt hatten und das Negativ mit meinem Konterfei vielleicht schon entwickelt war. Dann wusste Rinetti, dass ich seinen Dreh kannte und war gewarnt. Das konnte aber auch ein Vorteil für mich sein, wenn ich schnell handelte. Ich musste bei Rinetti einhaken, wenn ich ihn zu einer übereilten Handlung bewegen konnte, beging er eventuell einen Fehler.

Ich erhob mich, klopfte den Sand von meiner Hose und störte so das Gespräch zwischen Vater und Tochter. Die beiden sahen mich fragend an. "Liebe Menschen, ich muss mich leider von Euch trennen, mich ruft die Pflicht", sagte ich und erntete damit nur Proteste. "Wo wollen Sie denn schon wieder hin, Schnüffler?"
"Daddy hat völlig recht, Billy. Du hast die ganze Nacht nicht geschlafen und solltest Dich erst einmal etwas ausruhen." "Liebe Evelyn, Dein werter Vater ist ein Gehaltsempfänger und bekommt sein Geld auch wenn er sitzt, am Strand natürlich. Bei mir ist das nicht so. Ich muss mich emsig regen, damit ich nicht der Fürsorge zur Last falle." Ohne weitere Einwände abzuwarten ging ich ins Hotel. In meinem Zimmer überprüfte ich den Revolver. Ich war mir darüber im Klaren, dass ich jetzt ein Risiko einging, wenn ich zu Rinetti fuhr. Doch in der augenblicklichen Situation gab es keinen anderen Weg, um die Gangster aus ihrer Reserve zu locken.

In der Halle stand der Portier einsam hinter der Rezeption. Das geschah nicht sehr oft und deshalb nutzte ich die Gelegenheit. "Was kann ich für Sie tun, Mister Hunter?", fragte er, als ich zu ihm trat. "Können Sie es mit Ihrem beruflichen Gewissen vereinbaren, mir eine Auskunft über einen früheren Gast des Hauses zu geben?" "Das kommt auf die Auskunft an", antwortete er

144

spitzfindig. "Ich hätte gern gewusst, wann Mister Digby Salter bei Ihnen eintraf und wann er wieder abreiste? "Das kann ich Ihnen getrost sagen, Mister Hunter. Danach fragte mich die Polizei auch schon." Das war mir neu. Sollte Baltimore auch Zweifel an Salters reiner Weste haben? Der Portier wälzte im Gästebuch. "Hier habe ich die Eintragung. Mister Salter traf am 9. Juni bei uns ein und bewohnte das Zimmer 12. Am 19. Juni ist er wieder abgereist." "Ist es aus Ihrem Buch ersichtlich, ob Mister Salter das Zimmer für diese Zeit im Voraus bestellte?" "Selbstverständlich! Das Zimmer wurde am 4. Juni telefonisch für zehn Tage bestellt. Mister Salter wollte unbedingt Ausblick auf den See haben, deshalb schrieb ich ihn für Nummer 12 ein." Dass Salter, genau wie Scotter, das Zimmer 12 bewohnt hatte, war mir neu. "Und, wer bekam Zimmer 12, nachdem Mister Salter abgereist war?" fragte ich weiter. "Nummer 12 wurde schon am nächsten Tag an Mister Scotter vergeben." "Bestellte der auch vorher?" "Ja, Mister Hunter! Am 16. Juni, auch telefonisch. Bedingung, Fenster zum See. Mister Scotter versicherte acht Wochen bei uns zu bleiben, da er in der Umgebung geschäftlich zu arbeiten habe. Ich entsinne mich genau, weil ich dieses Telefonat selbst geführt habe." "Sie nahmen diese Bestellung natürlich an, weil Sie wussten, dass Salter sein Zimmer am 19. Juni aufgeben würde und somit ein Zimmer mit Seeblick zum 20. Juni frei war?" "Genau so war es, Mister Hunter!" "Thank you", sagte ich und verließ die Halle.

Vor dem Hotel stellte sich mir der Barkeeper aus der Bar des 'Silverbird' in den Weg. "Mister Hunter! Kann ich Sie bitte einen Moment sprechen?" "Ich muss nach Green at Sea! Wenn Sie Zeit haben, können Sie mit kommen." "Gern, Mister Hunter, „ lispelte er und ich ließ ihn mit in den Flitzer klettern. Als Glouch hinter uns lag, forderte ich den Mann an meiner Seite zum Sprechen auf. "So, Mister! Nun können Sie mit mir reden. Am besten wäre es, Sie würden mit Ihrem Namen anfangen!" "Ich heiße Drug, Jim Drug", sagte er und machte schon wieder Pause. "Sehr schön, Mister Drug! Aber das dürfte nicht alles sein, was Sie mit mir besprechen wollen!"

"Es ist an sich nur eine Kleinigkeit, Mister Hunter. Ich dachte nicht mehr daran, als mich die Polizei nach dem Mord an Miss Barth vernommen hat. Später, als ich etwas Abstand von der Sache hatte, fiel es mir wieder ein, doch ich wollte nicht mehr zur Polizei gehen, weil man es mir vielleicht übel angerechnet hätte, dass ich beim ersten Mal eine unvollkommene Aussage machte. Deshalb möchte ich es Ihnen sagen, weil ich jetzt weiß, dass Sie Detektiv sind." "Dann mal heraus mit der Sprache, Mister Drug!"

"Es war in der Mordnacht, also am 17. Juni, gegen 3.00 Uhr. Ich stand hinter der Bar und hatte alle Hände voll zu tun. Da schellte das Telefon und Mister Salter wurde am Apparat verlangt. Ich sagte ihm Bescheid, er nahm den Hörer und hörte gespannt zu. Dann sagte Mister Salter nur 'das bring ich in Ordnung' und hängte ein. Das waren seine einzigen Worte, ich hörte es genau, weil ich direkt neben dem Telefon stand. Später fand Mister Salter dann die Tote am Strand und in der damaligen Aufregung habe ich das Gespräch vollkommen vergessen."

Das musste ich erst verkraften. Wir schwiegen lange und ich legte mir ein paar Fragen zurecht.

"Mister Drug, erinnern Sie sich daran, ob der Anrufer seinen Namen nannte, als er nach Mister Salter verlangte?" "Einen Namen nannte er schon, aber ich habe ihn nicht verstanden. Ich weiß nur, dass das Gespräch aus Green at Sea kam." "Wieso können Sie das mit solcher Sicherheit behaupten?" "Bei allen Gesprächen, die aus Green at Sea kommen, ist ein eigenartiges Geräusch in der Leitung. - Das weiß bei uns in Glouch jeder. Die Post hat schon viel herum repariert, aber besser geworden ist es nicht."

Wir kamen an den Ortsrand von Green at Sea. Ich musste Drug jetzt absetzen, weil ich ihn im Augenblick nicht brauchen konnte. Ein Gartenlokal an der Straße schien mir geeignet und ich versprach, ihn in zwei Stunden wieder da abzuholen. Ich gondelte allein weiter und dachte über Drug's Erzählung nach.

In der Mordnacht gegen 3.00 Uhr wurde Salter am Telefon verlangt. Simone Barth lag zu dieser Zeit schon erstochen am Strand, denn der Mord geschah zwischen 2.00 und 2.30 Uhr. Hatte der Mörder einen Fehler gemacht? War Salter sein Komplize und sollte er den Schnitzer wieder ausbügeln? Immer wieder musste ich an Simones Handtasche denken.

147

Es könnte doch so gewesen sein: Der Mörder erstach Simone Barth und verschwand schnell vom Tatort. Später kamen ihm Bedenken, dass die Barth etwas in ihrer Handtasche aufbewahren könnte, was ihm gefährlich werden konnte und deshalb nicht in fremde Hände gelangen durfte. Der Mörder ruft Salter an und beauftragt ihn, die Handtasche sicherzustellen. Salter sagt am Telefon nur 'das bringe ich in Ordnung' und hängt den Hörer ein. Als sich die Geburtstagsgesellschaft auflöst, gibt er vor, noch ein Bad im See nehmen zu wollen, geht zum Strand und findet dort natürlich die Tote. Er lässt ihre Handtasche unter seinem Bademantel verschwinden und rennt zum Hotel zurück. Der Constable schickt ihn auf sein Zimmer, damit er sich dort ankleiden kann. Hier durchsucht Salter die Handtasche, entnimmt ihr, was eventuell für den Mörder gefährlich ist und schmuggelt dann die Tasche in das Zimmer der Barth. Mit der Miene eines Biedermannes steigt er danach wieder die Treppen hinunter und mischt sich unter die anderen Gäste.

So könnte das gewesen sein, aber wieso kam der Anruf für Salter aus Green at Sea? Nach meiner Theorie müsste doch der Mörder im 'Moonlight' gewohnt haben.

Ich war am Ziel meiner Fahrt. Jetzt musste ich mich auf die kommenden Stunden konzentrieren. Auf dem Parkplatz des Kurhotels stelle ich den Flitzer ab und schlenderte langsam durch den Eingang. An der Rezeption fragte ich den Portier, ob Missis Richards noch im Haus wohnte. Er verneinte meine Frage und sagte mir, dass Missis Richards bereits gestern abgereist sei. Bei dieser Auskunft musste er nicht einmal im Gästebuch nachschlagen. Ich bedankte mich bei dem Tempelwächter und bummelte in die Bar. Der Barkeeper begrüßte mich freundlich, langte sofort nach dem Gin und schenkte mir ein. "Ist Mister Rinetti im Haus", fragte ich. "Er müsste in seinem Büro sein, Gentleman. Soll ich Sie bei ihm melden?" "Das lassen Sie lieber bleiben, Mister. Ich glaube, das haben schon andere besorgt." Er sah mich verständnislos an, zuckte die Schultern und ließ mich allein.

Wenn meine Vermutung stimmte, dass Rinetti mein Foto inzwischen entwickelt und seinen Kumpanen gezeigt hatte, würde er jetzt bereits wissen, dass ich im Haus war. Meine Geduld wurde auf eine harte Probe gestellt und der Barkeeper musste mein Glas oft nachfüllen, bevor der Chef des Kurhotels in der Bar erschien. Mit dem Gehabe einer Prima-Ballerina tänzelte er durch die Tischreihen und sah sich suchend um. Ich verfolgte ihn stur mit den Augen und es war nur eine Frage der Zeit, wann sich unsere Blicke begegneten. Als es soweit war, verzog er seine wulstigen Lippen zu einem klebrigen Lächeln und deutete durch ein leichtes Neigen seines Schwellkopfes eine Verbeugung an. Er unterhielt sich noch kurz mit einem Kellner und verschwand wieder von der Bildfläche. Um Rinetti die Möglichkeit zu geben, mir ein paar seiner Kerle auf den Hals zu hetzen, blieb ich noch eine halbe Stunde in der Bar.

Im Hotel war ich noch in Sicherheit, denn sein eigenes Nest würde der Dicke nicht beschmutzen, aber sobald ich aus dem Haus ging, hieß es auf Draht sein. Nach etwa dreißig Minuten bummelte ich langsam durch die Halle und verließ das Hotel. Ich wollte zum Meilenstein laufen. Die Straße dorthin war auf beiden Seiten dicht bewaldet, das musste doch die Boys geradezu herausfordern.

Doch nichts geschah. Unbelästigt erreichte ich das Ziel meiner kleinen Wanderung. War meine Theorie falsch? Reagierte Rinetti anders als ich es von ihm erwartete? Während ich über dieses Problem nachdachte, ließ mich ein leises Motorengeräusch aufhorchen. Der Wagen war noch weit entfernt, schien aber mit großer Geschwindigkeit näher zu kommen. Schon nach kurzer Zeit erkannte ich einen viertürigen Bentley, der in verwegener Fahrt heran jagte. Ein paar hundert Yards vor mir nahm der Fahrer das Gas weg. Nun war mir klar, dass ich Rinetti doch richtig eingeschätzt hatte. Ich bekam Besuch. Die Wagentüren flogen auf und zwei Männer sprangen auf die Straße. Sie stelzten langsam zu mir heran und der kleinere frage mich: "Gefällt Ihnen der Meilenstein, Mister?" Mit dieser Frage wollte er mich ablenken. Ich sollte nicht bemerken, dass der Lange von hinten an mich heran kam. Das wäre leicht zu verhindern gewesen, aber so durfte die Sache nicht laufen. Es war wichtig zu erfahren, was die zwei Gents mit mir unternehmen würden. "Nimm Deine Flossen hoch, Hunter", zischte der Lange über meine Schulter und dabei spürte ich den Lauf einer Pistole empfindlich hart an der Wirbelsäule. "Was wollen Sie denn von mir,

Gentlemen", fragte ich unschuldig. "Halt die Schnauze, Halbbulle", knurrte mein Hintermann und klopfte mir, gemeinsam mit seinem kleineren Partner, den Anzug ab. Der abgebrochene Riese stand auf den Zehenspitzen und zog mir den Revolver aus dem Schulterhalfter. "Sein Schießeisen habe ich", meldete er stolz seinem großen Freund. Der Lange schien hier der Macher zu sein. "Setz Dich hinter das Steuer, Tom, damit wir abhauen können", befahl er. Dann wandte er sich an mich. "So, Hunter, jetzt geh schön langsam zum Wagen, öffne die hintere Tür und steige ein. Versuche keine Tricks, es knallt sofort und ohne Warnung." Widerstandslos befolgte ich seine Anweisungen, denn bis jetzt lief alles nach meinem Geschmack. Rinetti spielte in dieser Gesellschaft bestimmt nicht die erste Geige. Ich muss an den wirklichen Boss der Bande heran und nun hatte ich die Hoffnung, dass die Fahrt zu ihm ging. Mein Bewacher kletterte zu mir auf die Rücksitze, Tom fuhr los und die Fahrt ins Blaue begann. Ich hatte mich bisher schweigsam verhalten, doch nun war es an der Zeit die stumme Statistenrolle aufzugeben. "Wohin geht denn der Betriebsausflug, Gentlemen?" Keiner gab mir eine Antwort. Tom, der Fahrer hatte meinen Revolver neben sich auf den Sitz gelegt. Das war sträflicher Leichtsinn; lange war der noch nicht in diesem Gewerbe. Überhaupt machten die zwei Boys nicht den Eindruck von abgebrühten Gangstern. Sie bemühten sich zwar sehr gefährlich zu erscheinen, konnten aber ihre Unsicherheit nur schlecht verbergen.
Die Straße führte noch immer durch dichten Wald. Wir mochten ungefähr fünf Meilen gefahren sein, als mein

bewaffneter Nachbar zu seinem fahrenden Partner sagte: "Hier ist es richtig. Fahr links ran und bleib stehen!" Tom reagierte sofort, stoppte und stieg aus. Er kam um den Wagen herum und öffnete die Tür auf meiner Seite. "Los, steig aus!", sagte er und der Lange neben mir stupste seinen Schießprügel hart in meinen Rücken. Jetzt wurde es ernst. Offensichtlich sollte für mich die Fahrt hier im Wald mit einer Kugel enden. Meine Hoffnung, den Boss kennen zu lernen, schmolz dahin. Ich sah weit und breit keinen Weg von der Straße abzweigen oder ein Haus, in dem dieser Gentleman hätte residieren können. Tom hielt noch immer die Wagentür offen und der Lange drängte mich zum Aussteigen. Ich schob Kopf und Schultern langsam durch den Türrahmen und suchte für meine Füße einen festen Halt auf dem Wagenboden. Immer schmerzhafter wurde der Druck des Revolvers. Völlig unerwartet für die beiden Scharfrichter schnellte ich aus dem Wagen, flog durch die Tür und rollte die steile Böschung an der Straße hinunter. Hinter mir krachten Schüsse, doch ich erreichte unbeschädigt den schützenden Wald.

Zwischen eng zusammen stehenden Bäumen und dichtem Unterholz rannte ich etwa dreihundert Yards und blieb dann atemlos hinter einem dicken Buchenstamm stehen. Meine Verfolger tauchten auf und brachen wie die Hirsche durch das Gehölz. Der Lange galoppierte ganz nahe an mir vorüber und etwas weiter entfernt spurtete der kleine Tom ins Ungewisse. Ich ließ die zwei Sprinter sausen und pirschte mich vorsichtig an die Straße zurück. Auf dem Beifahrersitz des Bentley wartete noch immer mein Revolver auf mich; als ich ihn in der Hand hielt, wurde mir schnell wieder wohler unter dem Hemd.

Nach einer knappen Viertelstunde hörte ich die Gents zurückkommen, sie hatten die Suche nach mir schon aufgegeben und das sprach nicht für ihre Ausdauer. Wenn die zwei zu Rinettis Elite gehörten, war der Dicke schlecht beraten. Ich duckte mich hinter den vorderen Kotflügel der Limousine und wartete auf eine günstige Gelegenheit, die verhinderten Killer auszuschalten. Der Lange flegelte sich sofort auf den Beifahrersitz und spürte nicht, dass er nicht auf dem Revolver saß. Er jammerte seinen Partner an: "Mensch, Tom, was erzählen wir bloß Rinetti. Der platzt, wenn wir ihm sagen, dass uns der scheiß Hunter durchgegangen ist." Tom hatte einen Fuß auf die vordere Stoßstange gestellt und nestelte an seinem Schuh herum. "Ehrlich, Short, ich bin froh, dass Du den Boy nicht umgelegt hast", antwortete er. "Wer weiß wie alles kommt? Wenn die Karre schief läuft, haben wir wenigstens keinen Mord auf dem Buckel."
Nach diesem Stoßseufzer zog er sich die Socke hoch und nahm den Fuß von der Stoßstange. Das war vorläufig die letzte Bewegung seines Körpers, die er selbst bestimmte. Denn in diesem Augenblick schlug ich ihm den Griff meiner Waffe auf den Hinterkopf und er schlitterte völlig unkontrolliert über die Motorhaube, verfing sich mit dem Arm kurz am Scheinwerfer und fiel dann bewusstlos auf die Straße.
Im Wagen versuchte der lange Short seine Kanone aus der Jackentasche zu zerren, das gelang ihm nicht

schnell genug und damit war seine letzte Chance verspielt. "Lass die Hand aus der Tasche und steig aus", brüllte ich. Er zögerte etwas, sah aber dann die Hoffnungslosigkeit seiner Lage ein und kletterte auf die Straße. Ich nahm ihm die Waffe ab und er durfte sich zu seinem ohnmächtigen Kumpel auf die Fahrbahn setzen. Es dauerte geraume Zeit ehe Tom von seiner Traumreise zurückkehrte und noch länger musste ich warten, bis ein Fahrzeug auf der Straße daher zuckelte. Das war dann allerdings ideal für meinen Zweck. Ein geschlossener Lieferwagen und ein aufgeschlossener Chauffeur. Ich ließ den Mann meine Legitimation sehen und danach waren wir schnell einig. Auf mein Bitten verschloss er den Bentley und übergab mir die Wagenschlüssel. Wir schubsten die zwei Knilche ins Innere der Karosse, ich hockte mich an die Hecktür und der Gefangenentransport nach Glouch rollte an.

Vor der Constable-Station in Glouch bat ich den Chauffeur ins Haus zu gehen und nach Inspektor Baltimore oder Mister Black zu fragen. Ich hatte Glück, der Mann trat mit den beiden Gesuchten aus der Tür. Zunächst informierte ich den Inspektor nur ganz kurz über das Vorgefallene und bat darum, mir die Gangster abzunehmen, bevor ich die Details schilderte. Baltimore erfüllte meinen Wunsch und rief nach dem diensthabenden Beamten. Constable Groat erschien und der Inspektor gab ihm seinen Befehl. "Sperren Sie die zwei Kerle in Einzelzellen, Groat, damit die sich vor dem Verhör kein gemeinsames Märchen ausdenken können." Der Chauffeur kam zu mir. "Kann ich noch etwas für Sie tun, Mister Hunter?" Ich verneinte und wollte ihm ein paar Geldstücke in die Hand drücken. Er nahm sie erst als ich ihm versicherte, dass dieser Bakschisch zu Lasten meines Auftraggebers ging. Unter Danksagungen fuhr er dann davon.

Baltimore fragte, ob noch etwas zu erledigen sei, bevor ich meine Aussage machte. "Es wäre wichtig, den Wagen der Gangster sicherzustellen, Inspektor. Der Bentley steht auf der Straße nach Elswick, fünf bis sechs Meilen nach Green at Sea. Dort wartet übrigens der Barkeeper vom 'Silverbird' in einem Gartenlokal darauf, abgeholt zu werden. Ich schlage vor, dass Mister Black den Barkeeper aufsammelt und mit ihm zu dem Bentley fährt. Wenn der Mann eine Fahrerlaubnis hat, kann er mit dem Wagen hinter Black herfahren und ihn hierher zur Station bringen. Rinetti soll sich doch über den Verbleib seiner Killer vorläufig das Hirn zermartern. Meinen Flitzer lassen wir vor dem Kurhotel stehen." Baltimore willigte in meinen Vorschlag ein. Black nahm die Schlüssel von dem Bentley und rauschte ab. Der Inspektor wollte sich die Inhaftierten erst vorknöpfen, wenn Black zurück war und das Protokoll führen konnte.

An einem blank gescheuerten Tisch im Revier berichtete ich nochmals bis ins kleinste über mein heutiges Abenteuer, informierte Baltimore auch über die Aussage des Barkeepers und sprach von meiner Vermutung über Salters Rolle in der Mordnacht. Baltimore hatte mir aufmerksam zugehört, doch nun ergriff er das Wort: "Ich habe auch einige Neuigkeiten für Sie, Billy. Wir haben in Erfahrung gebracht, dass Richards für einen spanischen Konzern der chemischen Industrie gearbeitet hat. Sein Auftraggeber war ein gewisser Señor Juan Ferenz. Damit aber nicht genug. Man hat den Konsul Barth vor zwei Tagen noch einmal über seine Tochter befragt und dabei hat sich herausgestellt, dass Simone im vorigen Jahr ihren Urlaub in Spanien verlebte. Zweimal Spanien, ist das nicht herzig?"

Wir durchleuchteten die zwei Morde wieder von allen Seiten und sahen beide überrascht aus dem Fenster, als Black und der Barkeeper mit dem Bentley in den Hof der Station fuhren. Die Zeit war im Flug vergangen und Baltimore drängte jetzt zur Eile. "Groat", schrie er. "Führen Sie sofort die Häftlinge vor." "Einen Augenblick, Mister Baltimore", sagte ich und wagte einen Einspruch in den polizeilichen Dienstgebrauch. "Ich wäre dafür den Fahrer des Bentley zuerst und allein zu verhören. Er ist der kleinere von den beiden Gangstern und scheint mir weniger hart gesotten." Der Inspektor zog unwillig die Stirn kraus und war offensichtlich ungehalten wegen meiner Einmischung in seine Belange. Doch er winkte dem Constable zu und sagte: "Also los, Groat, bringen Sie nur den Zwerg her!" Dann trat er an das Fenster, riss es ungestüm auf und schrie: "Kommen Sie rein Black, ich brauche Sie. Mister Barkeeper kann nach Hause gehen, er soll aber die Wagenschlüssel hier lassen und das Maul über den Vorfall halten!" Er setzte sich wieder an den Tisch und frage mich spöttisch: "Ist

Mister Hunter mit meinen Anordnungen einverstanden oder hat er wieder Einwände?"

Vor Black kam jedoch Constable Groat ins Zimmer und brachte den Helden, der den Bentley gefahren hatte. "In Ordnung, Groat", murmelte der Inspektor. "Versehen Sie weiter Ihren Revierdienst, wenn ich Sie benötige, lasse ich Sie rufen!" Dann gesellte sich Black zu uns, packte seine Schreibutensilien aus und die Vorstellung konnte beginnen. Ich hatte mir einen Stuhl ans Fenster gezogen und nahm mir vor ein sehr aufmerksamer, aber möglichst stummer Zuhörer zu sein.

Der Inspektor begann mit der Vernehmung.

"Wie heißen Sie?" fragte der den Kleinen.

"Tom Wholer"

"Wann geboren?"

"23. Dezember 1928"

"Wohnort?"

"Kurhotel, Green at Sea"

"Beruf?"

"Kellner"

"Wie lange sind Sie schon im Kurhotel beschäftigt?"

"Fast sechs Jahre"

Baltimore wandte sich seinem Assistenten zu. "Haben Sie die Angaben zur Person, Black?" Black bejahte die Frage, der Inspektor nickte und fragte den Häftling weiter. "So, Wholer, nun erzählen Sie mir etwas von der Spazierfahrt, die Sie heute mit Ihrem Kollegen unternehmen haben!" Der Kleine flatterte wie ein Kolibri."Ich kann nichts dafür! Ich weiß auch von nichts, Inspektor!" Baltimore winkte ab. "Wer ordnete an, dass Sie fahren sollen und wem gehört der Wagen?" "Es ist unser Geschäftswagen. Mein Chef, Mister Rinetti, beauftragte mich Short zu fahren." "Rinetti gab Ihnen den Auftrag Mister Hunter umzulegen?" "Nein, Inspektor! Ich sollte nur Short fahren." "Ist dieser Short auch im Kurhotel beschäftigt?"

"Ja!"

"Seit wann?"

"Ungefähr fünf Jahre"

"Was tut er dort?"

"Er ist Hausdiener"

Das lief wie geschmiert. Über seinen Kollegen schien Wholer gern zu reden, seine Antworten kamen wie aus der Pistole geschlossen. Baltimore fragte weiter: "Rinetti gab Ihnen als den Auftrag Short zu fahren?"

"Ja!"

"Bekamen Sie öfter solche Aufträge?"

"Nur ab und zu"

"Fuhren Sie auch Scotters Wagen?"

"Nein!"

"Kannten Sie denn Mister Scotter?"

Jetzt hing Wholer in der Falle. Im schönen Wechsel wurde er rot und weiß. Die Antwort auf Baltimores geschickte Frage fiel ihm sichtlich schwer. "Ja, ich kannte Scotter" "Ihr Glück, Wholer, dass Sie jetzt die Wahrheit gesagt haben. Sie wurden im Wald, in der Nähe dieser Blockhütte, mit Scotters Wagen gesehen.

Ihr Kollege Short war auch dabei. Außer Euch beiden noch ein großer rothaariger Mann und Scotter selbst." Das war ein gewagter Bluff des Inspektors. Ich wollte mich schon über seinen plumpen Trick ärgern, da sah ich Wholer aschfahl werden und wanken. Baltimore hatte genau ins Schwarze getroffen. "Black, geben Sie dem Mann einen Stuhl!" befahl der Inspektor. Wholer war fertig. Noch ein bisschen Druck und sein Widerstand war gebrochen. Doch Baltimore strickte eine andere Masche. "Hören Sie, Mister Wholer", Evelyns Daddy dämpfte seine Stimme und machte auf väterlich. "Legen Sie ein volles Geständnis ab, das wichtigste wissen wir sowieso schon. Offenheit kann Ihnen jetzt nur noch nützen!" "Ich habe Richards nicht umgebracht, Inspektor! Ich blieb im Wagen sitzen." "Aber Mister Hunter hätten Sie heute über die Klinge springen lassen?" "Das sollte doch Short machen." "Schön, ich will Ihnen glauben! Nun erzählen Sie mal der Reihe nach!" "Kann ich bitte eine Zigarette haben?" Baltimore gab ihm eine von seinem Gewächs. Mit dem Kraut in der Lunge würde der Kerl bestimmt alles gestehen. "So, aber jetzt reden Sie, Wholer, bevor ich die Geduld verliere!" Der Häftling inhalierte einen tiefen Zug, verdrehte leicht die Augen und begann stockend sein Geständnis herzubeten.

"Angefangen hat es vor ungefähr zwei Jahren. Ich musste für Mister Rinetti ab und zu in die Stadt fahren und einige kleine Päckchen besorgen. Manchmal fuhr ich auch nur ein paar Meilen aus Green at Sea hinaus und wurde von einem Mann erwartet, dem ich die

Päckchen übergeben musste. Einmal, etwa ein halbes Jahr später, erwartete mich der Mann wieder nachts auf der Straße. Bei der Übergabe blieb ich mit einem Päckchen unglücklich an der Wagentür hängen und ein weißes Pulver rieselte heraus. Der Mann fluchte fürchterlich."

"Halt, Wholer!" Der Inspektor unterbrach die flotte Rede des Ganoven. "Kannten Sie den Mann?"

"Nein! Ich konnte ihn niemals genau sehen, Inspektor. Er hielt sich immer im Schatten und die Übergabe ging sehr schnell."

"War es immer der gleiche Mann, der Sie erwartete?"

"Ich glaube schon."

"Was war für ein weißes Pulver in den Päckchen?"

"Genau kann ich es nicht sagen. Eine Art Rauschgift, aber nicht sehr konzentriert. Rinetti nannte es Karianol."

Baltimore sah zu mir herüber, als wollte er von mir wissen, was Karianol ist. Dabei wusste ich es doch selbst nicht.

"Darüber reden wir noch, Wholer! Jetzt berichten Sie weiter!"

"Nach diesem Vorfall ging ich zu Rinetti und wollte kündigen. Er lachte mir ins Gesicht und sagte, ich säße schon viel zu tief in der Sache dring, als dass ich jetzt noch aussteigen könnte. Er drohte mir und ich machte weiter mit. - Kann ich bitte ein Glas Wasser haben?"

Baltimore winkte seinem Assistenten wortlos zu und Black verschwand durch die Tür. Wholer machte den Eindruck, als sei er froh darüber, endlich reinen Tisch machen zu können. Jedenfalls schien er noch nicht bis auf die Knochen verdorben zu sein. Black kam mit dem Wasser zurück und nach ein paar gierigen Zügen sprach Wholer unaufgefordert weiter.

"Ja, ich machte also weiter mit. Es gab keinerlei Schwierigkeiten und wir verdienten sehr gut."

"Stopp, Wholer", unterbrach ihn der Inspektor. "Wer gehörte noch zu Euch? Wir wissen es, ich möchte nur hören, ob Sie bedingungslos die Wahrheit sagen."

"Rinetti war unser Chef, doch der bekam auch von jemandem seine Anweisungen. Dann waren noch Scotter, Short und Salter dabei."

Also doch! Salter gehörte mit zu der Gesellschaft. Dann musste meine Theorie mit Simones Handtasche auch stimmen. Baltimore saß mit undurchdringlichem Gesicht am Tisch und fragte weiter: "Scotter und Salter arbeiteten aber nicht bei Rinetti im Kurhotel?"

"Nein, Inspektor, die beiden kamen nur selten mal zu uns und wenn sie kamen, blieben sie meist nur ein paar Stunden da."

"Gut, Wholer, nun fahren Sie fort!"

"Vor ungefähr zwei Monaten schien etwas schief gegangen zu sein. Rinetti rief Scotter und Salter telefonisch zu sich. Als sie eintrafen hatte er eine lange Unterredung mit Ihnen. Salter sagte mir danach, dass er jetzt zehn Tage Urlaub im 'Silverbird' in Glouch mache. Er sollte dort auf ein Mädchen aufpassen, das uns an den Kragen wollte. Zu diesem Zeitpunkt zog bei uns im Kurhotel ein Ehepaar ein, Richards hießen die Leute. Wir vermuteten, dass mit denen etwas nicht stimmte. In der Nacht vom 16. zum 17. Juni, ich werde diese Nacht nie vergessen, rief uns Rinetti in sein Büro.

Er teilte uns mit, dass Richards wahrscheinlich ein Privatdetektiv sei, wir sollten ihn unauffällig im Auge behalten. Plötzlich läutete das Telefon, Rinetti meldete sich, hörte lange zu und legte dann wortlos den Hörer auf. Sofort wählte er eine andere Nummer und verlangte Salter zu sprechen. Rinetti sagte ihm, dass am Strand vom 'Silverbird' eine totes Mädchen liege, er solle ihre Handtasche in Sicherheit bringen. Was "heiß" wäre, sollte Salter aus der Tasche nehmen und sie dann in das Zimmer des Mädchens schmuggeln. Als Rinetti das Gespräch beendet hatte war er leichenblass. 'Jetzt ist Blut geflossen' sagte er. - Kann ich bitte noch eine Zigarette haben?" Baltimore gab sie ihm.

Rinettis Telefongespräch mit Salter musste das gewesen sein, von dem mir der Barkeeper berichtet hatte.

Wholer rauchte in tiefen Zügen bevor er seine Beichte fortsetzte: "Dennoch schien weiter alles gut zu gehen. Nur der Detektiv, dieser Richards, machte Rinetti Sorge. Salter war vom 'Silverbird' abgereist, ohne dass man ihn verdächtigt hatte und Scotter übernahm sein Zimmer. Er sollte alle Neuigkeiten, die es dort gab, sofort Rinetti melden."

"Halt, Wholer! Wer hat Simone Barth ermordet?"

"Ich weiß es nicht, Inspektor! Das weiß keiner von uns, auch Rinetti nicht. Wir haben uns alle Gedanken darüber gemacht, weil wir mit dieser Entwicklung nicht gerechnet hatten, aber wer der Mörder des Mädchens ist, blieb uns ein Rätsel." "Darauf kommen wir noch zurück", sagte Baltimore mit grimmigem Gesicht und forderte Wholer durch eine Geste zum Weitersprechen auf.

"Inzwischen hatten wir den Meilenstein als Übergabeort für das Karianol hergerichtet und alles lief ungestört weiter. Vor vier Tagen kam Scotter zu uns nach Green at Sea und meldete, dass Richards und seine Frau in der vergangenen Nacht sehr angeregt mit einem neu angekommenen Gast und dessen Freundin in der Bar des 'Silverbird' gezecht hätten."

Baltimore drehte sich zu mir herum und zog eine schadenfrohe Fratze. Wholer bemerkte zwar dieses kurze Zwischenspiel, ließ sich aber dadurch bei seiner Gewissenswäsche nicht unterbrechen.

"Rinetti wurde sehr nachdenklich und erklärte uns dann, dass Richards jetzt gefährlich wurde und wahrscheinlich auch schon unseren Übergabeort, den Meilenstein, kannte. Darüber wollte Rinetti Gewissheit haben und deshalb sollten wir am Meilenstein eine Kamera einbauen."

"Stopp", fiel ihm Baltimore ins Wort. "Erklären Sie uns wie die Kamera gearbeitet hat."

"Sie sollte gut getarnt im Gebüsch neben der Straße festgemacht werden. Ein eingegrabenes Gasrohr führte von ihr zum Meilenstein. In diesem Rohr lief ein Draht, dessen Ende an dem Auslöser der Kamera befestigt war. Das andere Ende des Drahtes wurde mit einer kleinen Feder verbunden, die am Rohrende angebracht war und bewirkte, dass jeder, der den Stein anhob fotografiert wurde." "Hat das Rinetti ausgeknobelt?"

"Ich weiß es nicht genau, aber möglich ist es schon, denn er ist ein leidenschaftlicher Fotograf."

"Sie bekamen also von Rinetti den Auftrag, die Kamera einzubauen. Gut, nun fahren Sie fort!"

"Wir machten uns sofort an die Arbeit. Das heißt, Short und ich montierten die Kamera während Scotter aufpasste, dass wir nicht gestört wurden. Es war noch heller Nachmittag, ungefähr 17.30 Uhr und etwas Verkehr ist um diese Zeit auf der Straße immer. Zweimal mussten wir unsere Arbeit unterbrechen und in das Gesträuch kriechen. Nach einer Stunde waren wir fast mit der Montage fertig, da meldete Scotter, dass ein Mann und eine Frau die Straße herauf gelaufen kämen. Wir krochen wieder ins Gebüsch und warteten. Als die zwei Personen näher kamen, erkannten wir das Ehepaar Richards in ihnen. Arglos kamen sie heran. Richards schien am Meilenstein etwas zu bemerken, lief aber ruhig weiter. Da näherte sich ein Wagen aus Green at Sea, Richards sprang plötzlich mitten auf die Fahrbahn und hielt ihn an. Er sprach ein paar hastige Worte mit dem Fahrer und schob seine Frau auf den freien Beifahrersitz. Mit hoher Geschwindigkeit verschwand dann der Wagen in der nächsten Kurve. Richards sah dem Auto eine kurze Weile nach und lief dann in den Waldweg hinein, der zur Quelle führt. Scotter war während des Motorenlärms an den Waldweg heran geschlichen und kurz nachdem Richards aus meinem Blickwinkel war, hörte ich einen dumpfen Fall. Kurz darauf rief Scotter nach uns, er hatte Richards auf dem Weg nieder geschlagen. Der Mann war bewusstlos. Wir fesselten ihn mit unseren Leibriemen und Scotter lief zurück ins Kurhotel um Rinetti zu fragen, was mit Richards geschehen sollte. Es dauerte nicht sehr lange, da kehrte Scotter mit seinem Wagen zurück. Wir legten den noch immer Bewusstlosen vor die Rücksitze auf den Wagenbogen und fuhren los. Scotter sagte uns, dass Rinetti von Richards wissen wollte, wer ihn auf unsere Spur gesetzt hatte und wie viel er bereits von uns wusste. Dann sollten wir ihn ...." Hier stockte Wholer das erste Mal in seiner bisher pausenlos und flüssig vorgetragenen Beichte. "Los, Wholer, reden Sie weiter", ermahnte ihn der Inspektor.

."...Dann sollten wir Richards unschädlich machen. Rinetti hatte Scotter einen Dolch mit gegeben, auf dem angeblich die Fingerabdrücke von Mister Hunter sein sollten. Scotter durfte den Dolch nur mit Handschuhen anfassen und sollte ihn nach der Tat in Hunters Sportwagen unter die Sitze legen. Scotter sagte, das wäre ganz einfach, denn der Wagen stände jede Nacht offen auf dem Parkplatz des 'Silverbird'. Wir fuhren zu einer Blockhütte, die Scotter von seinen Spaziergängen her kannte. Am Nachmittag, bevor er zu uns nach Green at Sea kam, hatte er den Bewohner der Hütte in eine Gaststätte gehen sehen. Scotter schien die Gewohnheiten des Mannes zu kennen, denn er war sicher, dass dieser erst spät in der Nacht wieder heim kommen würde. Auf der Fahrt zur Blockhütte erwachte Richards aus seiner Ohnmacht und wurde deshalb von Short mit der Pistole in Schach gehalten. An der Hütte stieg Scotter mit Short aus dem Wagen, ich hatte gefahren und blieb am Steuer sitzen. Scotter sagte mir, ich sollte aufpassen, dass niemand in die Nähe kam. Dann stieß er, gemeinsam mit Short, Richards aus dem

Wagen und die drei verschwanden in der Hütte. Nach einiger Zeit hörte ich das Geräusch von Schlägen und vernahm auch Scotters lautes Fluchen. Etwas später hörte ich einen furchtbaren Schrei und etwas Schweres fiel in der Hütte zu Boden. Dann trat Scotter aus der Tür und verlangte von mir eine Decke. Sie wickelten Richards hinein und legten ihn hinten in den Wagen."

"Wholer, wussten Sie, dass Richards zu diesem Zeitpunkt schon tot war?"

Der Kleine schien jetzt einen Kloß im Hals zu haben.

"Ja, Inspektor. Scotter sagte mir, dass er kein Wort aus Richards heraus bekommen habe, aber nun könnte der Kerl überhaupt nicht mehr reden. Ich musste mich bei der Rückfahrt nach hinten zu dem Toten setzen, Scotter fuhr selbst und Short saß neben ihm. Wir fuhren zurück zum Meilenstein. Hier hielt Scotter an und ich musste wieder ans Steuer, während er und Short die Leiche in den Wald hinein schleppten. Als sie zurückkamen, trug Short die zusammengeballte blutige Decke und Scotter sagte ihm, dass er sie sofort in der Heizung des Hotels verbrennen sollte. Im Wagen hatten wir kein Blut, trotzdem wollte Scotter ihn am nächsten Tag gleich waschen lassen. Am Kurhotel stiegen wir aus und kamen unbemerkt ins Haus. Short lief sofort in die Heizung und ich ging, völlig fertig, auf mein Zimmer. Erst hier wurde es mir ganz klar, dass ich jetzt an einem Mord beteiligt war. Als ich später wieder nach unten in die Halle kam, begegnete mir Scotter. Er sagte mir, Rinetti habe die Anweisung bekommen Hunter umzulegen und jetzt müsse er, Scotter, das auch noch tun."

Atemlose Stille herrschte in dem kleinen Raum. Doch die hielt nicht lange an, denn Wholer fieberte förmlich danach, den Rest seiner Aussage los zu werden.

"Der Anschlag in Hunters Zimmer missglückte. Mister Hunter fand dann am nächsten Tag Richards Leiche und Sie, Inspektor, führten bei uns im Kurhotel die Vernehmung durch. Scotter hatte inzwischen die Mordwaffe in Mister Hunters Wagen versteckt und bekam von Rinetti den Auftrag im Kurhotel anzurufen und anonyme Anzeige gegen Hunter zu erstatten."

Dann hatte ich also Rinetti die peinliche Situation im Konferenzzimmer zu verdanken. Das sollte mir der Fleischkloß noch büßen. "Schon einige Wochen vor Richards Tod...," so wollte Wholter weiter berichten, aber Baltimore unterbrach ihn. "Sie meinen doch, einige Wochen vor dem Mord an Richards?"

"Ja, Inspektor. Also, schon vor einiger Zeit hatte Scotter Rinetti mitgeteilt, dass er mit einer Bardame aus dem Hotel 'Moonlight' bekannt geworden war. Durch einige Andeutungen von ihr nahm Scotter an, dass das Mädchen und auch ihr Onkel, der ebenfalls in dem Hotel beschäftigt ist etwas über den Mord an Simone Barth wussten. Da Rinetti alles an den Mann melden musste, von dem er seine Anweisungen erhielt, hatte er auch diese Tatsache dem Unbekannt mitgeteilt. Dieser Unbekannte, es kennt ihn wirklich keiner von uns, hatte nun angeordnet, dass sich Rinetti gestern Abend persönlich mit Scotter in Glouch treffen sollte. Rinetti musste Scotter mündlich den Auftrag erteilen, dass das

Mädchen und deren Onkel scharf zu beobachten seien. Ich weiß von diesem Auftrag, weil mir Rinetti kurz vor seiner Abfahrt zu diesem Treffen davon erzählte. Er war sehr ungehalten darüber, dass er ab sofort Dinge, die unsere Sache betrafen, nicht mehr telefonisch erledigen durfte. Rinetti hielt das für übertriebene Vorsicht. Im Verlauf der vergangenen Nacht wurde dann Scotter von Mister Hunter erschossen. - Bitte, geben Sie mir noch eine Zigarette!"

Mit steinerner Miene hielt ihm Baltimore seine Packung entgegen. Nachdem der Inspektor seinem Häftling Feuer gegeben hatte, brummte er: "So, nun weiter, Wholer!"

"Heute Nachmittag kontrollierte Short die Kamera am Meilenstein. Er stellte fest, dass ein Bild belichtet war und brachte den Film sofort zu Rinetti. Der erschrak maßlos und entwickelte den Streifen. Ich sagte Ihnen schon, dass Rinetti leidenschaftlicher Fotograf ist. Er hat auch alles, was er zum Entwickeln und Vergrößern braucht. Auf dem Negativ erschien deutlich das Gesicht von Mister Hunter. Rinetti war im Moment ratlos. Kurze Zeit nach dem Vorfall sah ich Mister Hunter in die Halle unseres Hotels treten. Sofort benachrichtigte ich Rinetti. Der lief voller Unruhe in die Bar, um die Richtigkeit meiner Meldung zu überprüfen. Als er zurück kam befahl er mir, dass ich mich vor dem Hotel in den Wagen setzen sollte und weitere Anordnungen von ihm abzuwarten habe. Auf dem Parkplatz stellte ich unseren Geschäftswagen so ab, dass ich den Hoteleingang im Auge hatte. Nach einiger Zeit sah ich Mister Hunter aus dem Hotel kommen, er blieb eine Weile stehen und bummelte dann auf der Straße in Richtung Meilenstein davon. Gleich darauf stieg Short zu mir in den Wagen und sagte, 'wir sollen Hunter umlegen'. - Alles andere wissen Sie, Inspektor. Ich habe mich am Gesetz vergangen, aber an meinen Händen klebt kein Blut. Ich habe alles gesagt und es war die volle Wahrheit. Jetzt machen Sie mit mir, was sie wollen!"

Erschöpft sank er auf seinem Stuhl zusammen.
Durch das ausführliche Geständnis von Wholer konnte man jetzt die Sache Richards als fast abgeschlossen betrachten. Nur der Mord an Simone Barth blieb weiterhin ein ungelöstes Rätsel. Der Inspektor sah mich an.
"Haben Sie noch Fragen an den Häftling, Mister Hunter?" Ich winkte wortlos ab. Wholer wurde in seine Zelle zurückgeführt, ich war mit Baltimore allein. "Was sagen Sie nun, Schnüffler?" "Ich gehe zum Essen." "Essen?! Was ist mit dem Verhör von Short. Wollen Sie nicht dabei sein?" "Den Mann schenke ich Ihnen, Inspektor", sagte ich, verließ die Station und lief langsam zurück zum 'Silverbird'. Klar, dass ich auf dem Weg dahin über das eben Gehörte nachdachte. Alles fügte sich gut zusammen, nur eines wollte mir nicht in den Kopf. Warum waren die Gangster mit dem bewusstlosen Richards in die fast vierzig Meilen von Green at Sea entfernte Blockhütte gefahren? Mit einem Bewusstlosen vierzig Meilen zu der Blockhütte und mit einer Leiche die vierzig Meilen wieder zurück zu dem Meilenstein, das war doch ein enormes Risiko. Es war mir unverständlich, dass es für die Bande keinen näheren Ort geben sollte, an dem sie Richards hätten

169

ausfragen können. Diese Blockhütte musste eine besondere Bedeutung haben, aber welche?

Im Hotel saß ich allein am Tisch, Evelyn war ausgeflogen. Ohne Appetit stocherte ich in meinem späten Abendbrot herum. Das Essen mochte gut sein, mir schmeckte es nicht. Der Fall Barth lag mir zu schwer im Magen. Ich ging auf mein Zimmer und ließ mich müde auf das Bett fallen. Weil jemand vor der Zimmertür stand und laut meinen Namen rief, wachte ich auf. Im Raum war es stockdunkel, ich musste ein paar Stunden fest geschlafen haben und fand nicht gleich in die Wirklichkeit zurück. Erst als ich den Störenfried an seiner Stimme erkannte, wurde ich ganz munter. Ich sprang von der Matratze und öffnete die Tür. "Treten Sie ein, Inspektor." Baltimore mache in zerknirscht und schimpfte: "Traumulus, schalten Sie gefälligst Ihren Kronleuchter ein, wenn Sie eine Amtsperson besucht. Hier ist es ja finster wie in einem Bärenarsch." Er ließ sich stöhnend auf einen Stuhl fallen.

"Sagen Sie mal, Schnüffler, Sie haben wohl noch niemals etwas von Pflichtbewusstsein und ähnlichem Zeug gehört, was? Sie liegen stinkfaul in Ihrer Koje und pennen, während ich alter Mann Verbrecher jage." Ich ließ mir kaltes Wasser über das Gesicht laufen, grinste ihn an und blieb stumm. Das war dem Polizisten nicht recht. "Grinsen Sie nicht so unverschämt, Kerl! Ich habe Rinetti eingelocht und lasse nach Salter fahnden; ich verhöre stundenlang Gangster und Ganoven, treibe

Raubbau an meiner zarten Gesundheit und Sie grinsen mir ausgeschlafen in mein, von schwerer Arbeit, gezeichnetes Gesicht. Wie finden Sie das, he?" "Gut!" "Was?" "Das mit Rinetti, mit Salter und mit der schweren Arbeit, Sie sind ein sehr tüchtiger Mann, Mister Baltimore." "Und Sie sind ein höhnischer Halunke! Was wollen wir weiter unternehmen, Billy?" "Bei mir ist im Augenblick Feierabend, Inspektor. Ich suche einen Mädchenmörder und finde ihn nicht, obwohl ich gut dafür bezahlt würde. Für das Fangen anderer Mordbuben und das Aufdecken von Rauschgiftaffären erhalte ich keinen Cent, aber das gelingt mir spielend. Vielleicht wurde ich nur Detektiv, um Ihnen eine Sprosse auf der Leiter Ihres Ruhmes zu sein und dabei selbst bescheiden zu verhungern." "Gehen Sie doch zur Heilsarmee, Schnüffler!"

Baltimore trat ans Fenster. "Was tut Evelyn denn mitten in der Nacht allein da unten am Stand", murmelte er. Evelyn stand regungslos am Ufer. Fast genau an der Stelle hatte man die ermordete Simone gefunden. Sie sah völlig in Gedanken versunken auf die kleinen Wellen der leichten Dünung, die in unendlicher Folge an den Strand spülten. "Dreh das Licht ab, Billy! Das Mädel braucht nicht zu merken, dass wir sie beobachten. Ich möchte wissen, warum sie da unten steht und den Mond anbetet?" Der Inspektor beugte sich etwas aus dem Fenster und fuhr erschrocken zurück. Er gab mir durch Zeichen zu verstehen, dass ich leise zu ihm an das Fenster kommen sollte. "Schau hinunter", flüsterte er. Vor der Terrassentür sah ich einen Mann stehen, der zu Evelyn hinüber starrte. Etwas an seiner Haltung gefiel mir nicht und auch Baltimore musste das so empfunden haben, sonst hätte er sich anders verhalten. "Bleiben Sie am Fenster, Inspektor! Ich sehe mir den Kerl mal aus der Nähe an", sagte ich leise und tastete hinaus auf den Flur. Im Terrassenzimmer brannte kein Licht. Die wenigen Gäste, die sich noch nicht zur Ruhe begeben hatten, saßen zu dieser späten Stunde in der Halle oder in der Bar. Das helle Rechteck der offenen, zum Strand führenden Tür zeichnete sich deutlich von dem schwarz der Wände ab.

Evelyns Anbeter stand außerhalb des Raumes, rechts von der Tür. Er hatte mich nicht gehört und verharrte fast etwas zu ruhig an der Hauswand. Was war das nur für ein komischer Heiliger? Langsam verstrichen die Minuten, ohne dass sich an der grotesken Situation etwas änderte. Meine Geduld wurde auf eine harte Probe gestellt, bis Evelyn ihre Abendandacht beendet hatte und zum Hotel herauf kam. Ihr Bewunderer war blitzschnell. Ich konnte eben noch von der Tür fortspringen und mich an die Wand des Zimmers pressen, bevor er mit einem Affenzahn herein gebraust kam und durch das Terrassenzimmer hinaus in die Halle rannte. Dort bremste er ab und lief gelassen zum Ausgang. Leider sah ich ihn im Licht der Halle nur von hinten. Ein südländischer Typ. Nicht sehr groß, schlank und drahtig. Sein Haar glänzte tiefschwarz und reichte bis an den Kragen. Hinter ihm schloss sich die Tür und noch bevor ich sie erreichte, hörte ich vor dem Hotel einen Motor anspringen. Ich sah nur noch die Rücklichter eines davon fahrenden Wagens.

Ich ging in die Halle zurück und traf dort mit Evelyn zusammen, die eben aus dem Terrassenzimmer trat. Sie wollte, ohne mich eines Blickes zu würdigen, an mir vorüber gehen. "Good Evening, Miss Mondschein, „ grüßte ich. Sie blieb kurz stehen, blitzte mich mir zornigen Augen an und fauchte: "Du, - Du Scheusal!"

Ich war so perplex, dass ich nur tatenlos zusehen konnte, wie sie die Treppe zu ihrem Zimmer hinauf stieg. Erst als ich das 'Scheusal' verdaut hatte, setzte ich ihr nach und erwischte sie eben noch auf der letzten Stufe. Völlig unpassend kam Baltimore durch den Flur gestampft, blieb bei uns stehen und fragte mich: "Wo ist der Kerl?" "Er ist fort, Inspektor! Ein moderner Mensch, er scheint einen Führerschein zu besitzen und ist zudem auch noch motorisiert. Ein Gent, der ganz in unsere Zeit passt." "Und Sie sind ein fußkranker Landsknecht und konnten ihn deshalb nicht einholen, was?" "Weniger dieses, werter Sir! Ich wollte die Zahl Ihrer eventuellen Schwiegersöhne nicht unnötig reduzieren."

Mit einer komisch verzweifelten Geste winkte Baltimore ab und wandte sich an seine Tochter. "Was suchst Du denn mitten in der Nacht unten am Strand, Evy?" "Ich habe den Mond angeheult, Daddy! Ihm meinen Zorn über einen ungehobelten Detektiv hinauf geschleudert, der mit Bardamen flirtet und mich wie..., ach, einfach schändlich behandelt. "Baltimore drehte mir sein verschmitztes Gesicht zu. "Was haben Sie meiner

Tochter angetan, Schnüffler?" "Ich bin unschuldig, Inspektor!"

Mit dieser Antwort brachte ich Evelyn erneut in Harnisch. "Unschuldig - Du?! Mit leichten Mädchen flirten und mir erzählen, dass Du bis über die Halskrause in der Arbeit steckst. Das nennst Du unschuldig? Oh, - lass mich vorbei, ich will auf mein Zimmer und morgen reise ich ab!" Sie wollte sich an uns vorbei winden, doch mich interessierte, wer dieses sonst so sanfte Mädchen zu einer Hornisse gemacht hatte. "Halt, Rachegöttin! Wir werden uns jetzt alle drei in die Halle setzen und dort wirst Du mich in aller Form bei Deinem Vater anklagen. Das ist ein faires Angebot." Ich packte sie am Arm, hakte mich bei ihr unter und zog sie mit sanfter Gewalt die Treppe hinunter. Ihr Daddy tapste grinsend hinterdrein.

Dann saßen wir wieder einmal in den obligatorischen Sesseln und Baltimore schoss sofort seine erste Frage ab: "Also, Evelyn, mit wem hat Billy geflirtet?" "Ach, Daddy, im Ort ist eine kleine Bar, dort betrinkt er sich und buhlt um die Gunst der Bardame. Das ist doch ...." Baltimore unterbrach seine zornige Tochter. "Hast Du das gesehen?" "Gesehen? Nein! Erzählt hat es mir jemand, der Mister Hunter dort gesehen hat."

Sie war schöner als je zuvor. Gespannt wie eine Stahlfeder saß sie im Sessel und verdammte mich mit ihren großen Augen in Grund und Boden.

Baltimore setzt sein Familienverhör fort: "Wer ist der 'Jemand', der Dir das erzählt hat? Los, Mädel, raus mit der Sprache!" Der Inspektor wurde plötzlich ernst, ich war mehr belustigt. "Ein Gentleman, den ich heute bei einem Spaziergang kennen lernte." "Wie sah der Gent aus?" "Was soll die Fragerei, Daddy? Er sah gut aus, war nicht sehr groß, schlank und sprach mit ausländischem Akzent. Mehr kann ich nicht sagen.

"Wie hieß er?" "Seinen Namen habe ich nicht richtig verstanden. Er klang etwas italienisch oder vielleicht auch spanisch."

"Ich frage mich, Billy, warum fährt Ihnen der Gentleman in den Wagen? Will er Ihnen Evy ausspannen, so hat er meinen Segen. Steckt aber was anderes dahinter, ist es eine Gemeinheit."

"Ich werde es erfahren, Inspektor. Eine Frage noch an Dich, Evelyn. In welcher Bar habe ich denn, nach Angaben dieses Gents, geflirtet?" "Da habe ich nicht so genau Acht gegeben. Irgendwo in der Nähe vom Kino muss das Lokal sein." Evelyn wurde jetzt, ob unserer gespannten Fragen, etwas sanfter. Sie spürte wohl, dass mit ihrem neuen Bekannten die Richtung nicht ganz stimmte. Ich konnte nun alles getrost Baltimore überlassen, der würde die Sache schon für mich gerade biegen. Also erhob ich mich aus den Polstern und sagte: "Da ich noch einiges zu erledigen habe, muss ich mich für den Rest der Nacht entschuldigen. Inspektor, brechen sie für mich eine Lanze. Ich bin wirklich unschuldig!"

Auf dem Platz vor dem Hotel stand mein Flitzer. Ich hatte den Schleifer noch immer auf dem Parkplatz vor dem Kurhotel in Green at Sea vermutet. Vielleicht hatte ihn Baltimore her bringen lassen. Um Klarheit zu schaffen, kehrte ich in die Halle zurück und erfuhr vom

Inspektor, dass Black den Wagen bei Rinettis Verhaftung mit nach Glouch genommen hatte.

"Black hat in meinem Auftrag gehandelt, Billy", glaubte sich Baltimore entschuldigen zu müssen. "Er hat die Zündung kurz geschlossen, weil er keinen Schlüssel besaß. Ich dachte mir, dass Sie das Vehikel vielleicht hier brauchen könnten."

Auch Eveyln schien noch etwas sagen zu wollen, sie sah jetzt schon weniger zornig aus ihrer Wäsche, doch bevor sie den Mund auftat, war ich schon wieder vor dem Hotel und behob den Schaden an meinem blechernen Freund. Natürlich kreisten mir während der kleinen Reparatur Überlegungen durch den Kopf. Das leichte Mädchen um deren Gunst ich angeblich gebuhlt hatte, konnte nur Maud aus der kleinen Bar sein, in der ich bisher zweimal zu Gast war. Der Gent, den Evelyn bei ihrem Spaziergang kennen lernte, mich bei ihr anschwärzte und vielleicht auch ihr eben ertappter nächtlicher Anbeter war, verkehrte bestimmt auch bei Maud, denn woher sollte er sonst seine Weisheiten haben. Also, musste ich zu Maud in die Bar, vielleicht konnte ich dort mehr über diesen miesen Verleumder erfahren. Ich hatte das Glück in der Nähe des Lokals einen Parkplatz zu finden. Auf dem kurzen Weg bis zum Eingang pumpte ich mir noch einen Vorrat frische Luft in die Lungen, trat dann vorsichtig durch die niedere Tür und staunte. Heute war die Bude zum Bersten voll, kein freier Hocker stand an der Bar. Wohl oder übel musste ich mir einen Platz an den Tischen suchen. In einer lauschigen Nische saß ein verliebtes Paar und weil ein Stuhl an diesem Tisch frei war, bat ich um die

Erlaubnis mich setzen zu dürfen. Sie erhörten meine Bitte und nickten gnädig mit den lang behaarten Köpfen. Der Platz war nicht günstig. Ich konnte nur die vordere Hälfte des Lokals übersehen, die Bartheke lag hinter meinem Rücken.

Während meine Augen noch über die Gesichter der zahlreichen Gäste marschierten, wünschte mir ein weiß beschürztes Mädchen sehr artig einen guten Abend und frage nach meinen Wünschen. Da ich der Annahme war, dass sie mit diesen Wünschen nur die der Kehle und des Gaumens meinte, bestellte ich Gin. Unter den Anwesenden, die mir im Blickfeld saßen, konnte ich keinen entdecken, der wie Evelyns Verehrer aussah. Also drehte ich mich ganz ungeniert um und sah hinüber zur Bar, so, als schaue ich durstig nach meinem Getränk aus.

Auf dem vierten Barhocker von links saß ein Mann, der meinem gesuchten Südländer in der Rückenansicht ähnlich war. Sehr groß schien er auch nicht zu sein und dazu unterhielt er sich mit seinem Nachbar so gestenreich, dass er wohl ein Bewohner südländischer Zonen sein konnte. Sein Gesprächspartner sah übrigens auch nicht wie ein Germane aus. Die Sprache der beiden Gents konnte ich leider nicht verstehen, weil jetzt eine Musikbox ihre unterhaltende Tätigkeit begann. Ein schmachtender Tenor sang die traurige Ballade von 'Leila', die in einem Frauenhaus zu Algier Ehre und Unschuld verlor. Schade um das Mädchen. Die Bedienung servierte den Gin und ich setzte mich wieder so an den Tisch, wie Knigge einst befahl. 'Leila' war verstummt, der Sänger hatte aufgegeben. Nach meinem Dafürhalten das Beste was er tun konnte. Doch die eiserne Zange der Gasthausorgel griff bereits nach der nächsten Platte. In der kurzen Musikpause hörte ich hinter mir an der Bar fremd klingende Worte. Es konnte spanisch sein, aber leider verstand ich sie nicht genau und deshalb wollte ich mich nicht festlegen. Dann sang wieder einer, diesmal ein Bariton, von seiner Freundin in Paris und vorbei war es mit dem Lauschen. Das Pärchen an meinem Tisch hielt sich die Händchen und sah sich tief in die verhangenen Augen. Nach dem vierten Gin beschloss ich offensiv zu werden. Ich war nicht hier um mich langsam voll laufen zu lassen und Schallplatten anzuhören. Ich rief die Kellnerin, bezahlte und ging zur Theke.

Maud stand hinter der Bar und arbeitete mit allen beweglichen Körperteilen. Sie hatte mich entweder noch nicht gesehen oder sie wollte mich heute nicht bemerken. Ich stellte mich genau hinter Evelyns eventuellen Anbeter und wünschte der lieben Maud mit überlauter Stimme einen recht erfolgreichen Abend. "Oh", flötete sie. "Sie sind auch hier. Was darf ich einschenken?" "Immer noch Gin, my Darling", brüllte ich.

Ich schrie absichtlich so laut, obwohl ich weiß, dass man so was nicht tut, wenn man dicht hinter einem Mann steht und mit dem Mund ganz nahe an dessen Ohr ist. Doch meine Unhöflichkeit hatte Erfolg. Der Gentleman vor mir drehte sich brüsk herum, sah mich zornig an und wollte empört mit dem Kopf schütteln. Doch das stellte er sofort wieder ein und in seinen

Augen spiegelte sich Erkennen und Schrecken. So gleichgültig wie er es nur eben schaffte, wandte er sich wieder seinem Gesprächspartner zu und sprudelte mit ihm fröhlich weiter, ganz als ob nichts geschehen wäre. Der Boy war ganz schön stur. 'Warte, mein Freund, dachte ich und startete den zweiten Versuch zur persönlichen Annäherung.

Ich nahm mein Glas von der Theke und stieß ihm dabei den Ellenbogen hart in die Hüfte. Er reagierte überhaupt nicht auf meine Flegelei. Auch sein Partner, untersetzt und bestimmt kein Schwächling, blieb brav, obwohl auch er meine Absicht erkannt haben musste. Maud wollte mir ein Gespräch andrehen, aber ich hatte keine Lust mir jetzt ihr Gewäsch anzuhören. Ich ließ meine Moneten auf die Theke purzeln und zog ab. Mein Flitzer musste sofort von der Straße verschwinden und ich brauchte einen Platz, von dem aus ich den Ausgang der Bar beobachten konnte, ohne selbst gesehen zu werden. Beides war schnell erledigt, aber dann verging eine geraume Zeit, bevor der sture Gentleman aus der Bar trat. Er kam allein, ohne seine Zechkumpane.
Nur ein paar Yards von dem Lokal entfernt parkte ein großer Buik mit spanischem Nationalitätenzeichen. Der Gent klemmte sich hinter das Lenkrad des Dampfers und lieferte mir damit den Beweis, dass seine Heimat im Lande der Stierkämpfer lag. Die Limousine rollte langsam an und fuhr davon. Ich startete den Flitzer und blieb dem Brummer mit respektvollem Abstand auf den Fersen. Der Caballero fuhr auf den Parkplatz des

'Moonlight', stieg aus der Kutsche und verschwand durch die gläserne Drehtür im Hotel.

Zwischen zwei großen Wagen fand ich eine Lücke, in der mein kleiner Flitzer fast nicht zu sehen war. Ich brauchte nicht auszusteigen, denn ich konnte von diesem Parkplatz aus in die Hotelhalle sehen und wurde Zeuge, wie der Portier dem Spanier an der Rezeption einen Schlüssel übergab und der Señor im Lift nach oben entschwebte. Ich beschloss zu warten und behielt die Hotelfassade im Auge. Hinter zwei Fenstern im ersten Stockwerk wurde Licht eingeschaltet. In diesem Zimmer wohne wahrscheinlich mein zweifelhafter Unbekannter. Spanien, in den letzten Stunden drehte sich plötzlich alles um dieses Land. Konnte das denn Zufall sein?

Simone Barth verlebte in Spanien ihren vorjährigen Urlaub. Joel Richards arbeitete für einen spanischen Auftraggeber. Ein Spanier versucht, mich aus unerfindlichen Gründen bei Evelyn anzuschwärzen. Der gleiche Spanier beobachtet Evelyn nachts am Strand und wohnt zu allem Überfluss auch noch im 'Moonlight'. Hier musste es Zusammenhänge geben oder ich fraß Inspektor Baltimore und den ganzen Scotland Yard. Hinter den Fenstern verlosch das Licht. Während ich noch überlegte, ob ich warten oder weg fahren sollte, trat der Torero wieder in die Arena. Ich sah ihn im tiefen Schatten, am Ende des Parkplatzes gehen. Durch das Hauptportal hatte er das Hotel nicht verlassen. Wer aber Nebenausgänge benutzt ist meistens ein Schlitzohr, dem man auf die Finger schauen sollte. Das wollte ich gründlich besorgen. Es war nicht leicht ihm unauffällig zu folgen. Er sah sich oft ganz plötzlich um und einmal schlug er einen Haken, der mich um ein Haar in Verlegenheit gebracht hätte.

Die Straße näherte sich bereits dem Ende der Ortschaft, als er stehen blieb und sich nach allen Seiten prüfend umschaute. Ich war fast ohne Deckung, nur über den Zaun eines Vorgartens ragten ein paar dicht bewachsene Zweige, hinter denen ich meine Figur versteckte. Ich stand wie auf glühenden Kohlen und bangte bereits um den Erfolg meines Unternehmens, als der Gent endlich die Tür zu einem Vorgarten öffnete und auf das dahinter liegende Haus zulief. Ohne dass er geklopft oder geläutet hatte, tat sich wie durch Geisterhand betätigt die Haustür vor ihm auf. Schattengleich huschte er ins Haus und ohne das kleinste Geräusch schloss sich hinter ihm die Tür. Dicht an die Zäune der Vorgärten gedrückt schlich ich weiter bis an das Gartentor, durch das der Kerl eben geschlupft war. Am Zaun prangte ein großes weißes Emailschild, das ich trotz Dunkelheit leicht entziffern konnte.
Doktor f. Shune - Praktischer Arzt
Was wollte der Spanier zu dieser Zeit bei dem Doktor? Angemeldet war er auch, denn man hatte ihn offensichtlich erwartet. Vorsichtig ging ich weiter und stellte fest, dass des Doktors Anwesen das letzte Haus in dieser Straße war; dahinter begannen die Felder. An einer verdeckten Stelle sprang ich über den Zaun. Von dichten Büschen verborgen, konnte ich mir dann das

Haus in Ruhe ansehen. Es war ein neuer einstöckiger Bau. Nicht zu groß und nicht zu klein, für einen Landarzt genau das richtige. Ein Fenster an der Giebelseite war erleuchtet, doch drang das Licht nur spärlich durch eine herab gelassene Jalousie. Während ich noch überlegte, ob ich näher an das Fenster heran schleichen sollte, hörte ich leise Stimmen an der Haustür. Der Señor trat heraus, lief durch den Vorgarten auf die Straße und trollte geruhsam in Richtung 'Moonlight' davon. Das war ein kurzer Besuch. Ich lief mit großem Abstand hinter ihm her und erreichte den Flitzer ohne Zwischenfall. Hinter dem Zimmerfenster im ersten Stock wurde es wieder hell und zehn Minuten später schien der Mann seinen Arbeitstag beendet zu haben. Das Licht verlöschte und alles blieb dunkel, obwohl ich noch lange wartete.

Am anderen Morgen gegen 9.00 Uhr saß ich mit Evelyn am Frühstückstisch. Ich hatte nur einige Stunden geschlafen und fühlte mich nicht sehr wohl. Das Mädchen war wieder freundlich und ihr Anblick erinnerte an das Schaufenster von einem Delikatessen-Geschäft. "Da Du lächelst, nehme ich an, dass Du mir den Flirt mit der Bardame verziehen hast", sagte ich.
"Rühr bitte nicht daran, Billy, die Wunde ist noch zu frisch. Immerhin hat mich Daddy davon überzeugt, dass die Arbeit eines Kriminalisten manchmal so einen Flirt erfordern kann. Eine widerliche Begleiterscheinung."
"Jeder Beruf hat seine Schattenseiten. Im Übrigen verstehe ich unter Flirt etwas ganz anderes." "Und was verstehst Du darunter?"

182

"Der Hintergedanke eines Flirts ist und bleibt die Eroberung des Objektes. Dieser Hintergedanke fehlte mir bei der Bardame völlig und deshalb war es kein Flirt." "Eine verwirrende Theorie, Billy. Gegen das Wort 'Objekt' lege ich übrigens mein Veto ein, aber sonst wollen wir es dabei belassen." In der Halle trennten sich unsere Wege. Evelyn wollte schwimmen gehen und mich zog es mit Ungeduld nach Elswick ins Hospital.

Hinter der Anmeldung vom Hospital saß heute ein weißblonder Chloroformengel. Diese Krankenanstalt musste über ein großes Arsenal solcher Puppen verfügen. Schon nach kurzer Zeit erschien Doktor Morris. Ich ging ihm entgegen und fragte: "Good morning, Doc. Kennen Sie mich noch?"
"Ich wäre ein schlechter Arzt, wenn ich Sie nach vierundzwanzig Stunden schon vergessen hätte, Mister Hunter. Sie wollen die Patienten sprechen? Das ist bei dem Girl unmöglich, für den Mann gestatte ich Ihnen zehn Minuten." Er führte mich in das zweite Stockwerk, zeigte mir das Zimmer und ließ mich allein. Der Verletzte lag apathisch in seinem Bett und sah mir mit großen Augen entgegen. "Good morning, Mister Rouwler. Der Arzt sagte mir, dass es Ihnen schon besser geht. Das freut mich für Sie, in ein paar Wochen ist alles vorbei. Der Mordfall steht kurz vor seinem Abschluss und die ganze Sache wird keinerlei Folgen für Sie haben. Ich brauche allerdings noch einige Informationen von Ihnen. Sie hatten mir davon berichtet, dass Sie Simone Barth am Strand liegen sahen und von der Rezeption des 'Moonlight' im 'Silverbird' anrufen wollten,

damit sich jemand um das Mädchen kümmerte. An dieser Stelle wurden Sie durch den Überfall unterbrochen. Wie war das nun weiter?"

"Ja, ich wollte telefonieren, doch bevor ich den Hörer abheben konnte, klingelte der Apparat. Eine Stimme mit fremdartigem Klang sagte; 'ich solle mich hüten mit jemandem über das, was ich gesehen habe zu reden. Am besten wäre es für mich, alles schnell zu vergessen. Ein Wort und ich wäre ein toter Mann'. Das Gespräch lief über die Hausvermittlung."

"Halt, Mister", unterbrach ich ihn. "Das heißt, dass der Anrufer bei Ihnen im 'Moonlight' wohnte?" "Bestimmt, das hört man doch! Ich versprach zu schweigen, aber er sollte mich in Ruhe lassen." "Wie sprach der Anrufer? Sie sagten, er habe einen fremdartigen Klang in der Sprache. Kann es ein Südländer gewesen sein?" "Ja, es klang schon so. Spanisch kann es gewesen sein, aber genau kann ich das nicht sagen."

Ich legte eine Denkpause ein. Eins stand fest, der Anrufer muss der Mörder gewesen sein. Hätte er zugelassen, dass Rouwler telefonisch die Gäste im 'Silverbird' benachrichtigt, wäre sein ganzer Plan gescheitert. Gegen 3.00 Uhr war Salter bereits von Rinetti beauftragt worden, die Tote am Strand des 'Silverbird' zu finden und die gefährliche Handtasche sicher zu stellen. Nach dem Anruf von Rouwler wären natürlich alle Gäste an den Strand gelaufen und Salter hätte seinen Auftrag nicht mehr ausführen können. Mit dieser Komplikation hatte der Mörder nicht gerechnet. Sein Fehler, dass er die Handtasche nicht gleich selbst mit genommen hatte, machte die Sache mit Rouwler zu einem Problem für ihn. Wäre die Handtasche nicht gewesen, hätte es ihm völlig egal sein können, wer die Tote fand.

"Mister Rouwler", fragte ich weiter. "Wohnte zu dieser Zeit, besser, in den Tagen als der Mord geschah, ein Spanier im 'Moonlight'?" "Ja, doch der reiste drei Tage später unbehelligt ab. Den hatte ich an sich im Verdacht, dass er der Mörder und der Mann am Telefon war." "Sie haben auch später mit niemandem über Ihren Verdacht gesprochen?" "Nein! Ich habe keinem etwas gesagt. Nachdem ich wusste, dass das Mädchen ermordet wurde, nahm ich die Drohung des Mannes am Telefon sehr ernst." "War dieser Spanier schon vorher einmal Gast im 'Moonlight'?""Ja. Er kam fast jedes Vierteljahr zu uns und blieb immer drei oder vier Tage. Zurzeit ist er wieder im Hotel."

Das konnte doch nicht wahr sein. Zum Donnerwetter, dann musste der Spanier von heute Nacht, der erst Evelyn beobachtet hatte und dann zu Doktor Shune ging, der Mörder von Simone Barth sein. Doch die Aussage von Rouwler allein reichte für eine Beweisführung nicht aus. Man konnte dem Mann vielleicht nachweisen, dass er in der Mordnacht Gast im 'Moonlight' war, aber das genügte nicht. Es fehlte noch immer das Motiv zu diesem Mord. Vielleicht hatte die Barth in der Rauschgiftgeschichte mit gemischt.

Ohne dass ich eine Frage gestellt hatte, sprach Rouwler weiter. "Der Spanier hat auch Sie nieder geschlagen,

Mister Hunter. Ich habe ihn in dieser Nacht aus dem Haus schleichen hören, er kam an dem Fenster meines Kellerraumes vorbei. Zu diesem Zeitpunkt war ich ja schon munter, da ich den Strand harken musste. Ich schlich ihm nach und stellte mich oben an das Haus. Drüben, am Strand des 'Silverbird', sah ich Sie vom See zurückkommen. Als Sie am Hauseck standen, erkannte ich hinter Ihnen den Spanier. Ich konnte Sie nicht warnen, denn damit hätte ich meine Anwesenheit verraten und mich selbst in Gefahr gebracht. Also lief ich schnell in den Keller zurück, holte mein Werkzeug und begann mit meiner Arbeit. Sie lagen ganz verkrümmt drüben vor der Terrassentür. Von dem Spanier war weit und breit nichts mehr zu sehen. Ich glaubte, es wäre sein zweiter Mord und bemühte mich nicht mehr zu Ihnen hinüber zu sehen. Selten habe ich mich so mit dem Harken beeilt, wie an diesem Morgen. Ich wollte von Strand fort sein, wenn man Sie drüben fand. Am Abend konnte ich nicht länger schweigen und erzählte meiner Nichte von den ganzen Vorfällen. Sie riet mir, sofort zur Polizei zu gehen, doch dazu konnte ich mich nicht entschließen. Alles andere wissen Sie selbst." Rouwler war vom Sprechen erschöpft. Ich bedankte mich für seine Hilfe, wünschte ihm gute Besserung und verließ das Zimmer.

Bei meiner Rückkehr nach Glouch hielt ich vor dem Haus von Doktor Fabian. "Na, Mister Hunter, wollen Sie mir berichten, wie es den beiden Patienten geht oder waren Sie noch nicht im Hospital?" "Ich komme eben von Elswick, Doktor. Den Umständen entsprechend geht es den beiden gut. Doktor Morris wird sie schon wieder auf die Beine bringen. Ich bin allerdings nicht nur zu Ihnen gekommen, um über das Befinden der zwei Verletzten zu berichten. Würden Sie mir, natürlich nur soweit es Ihnen möglich ist, ein paar Fragen beantworten?" Er lache gut gelaunt. "Bin ich verdächtig, Mister Hunter?" "Nicht Sie, meine Fragen beziehen sich auf Ihren Kollegen, Doktor Shune." Es fiel ihm sichtlich schwer, als er sagte: "Gut, wenn ich kann, will ich Ihnen antworten."

"Fein, Doc! Dann fangen wir gleich an. Wie lange ist Doktor Shune schon hier im Ort?"

"Er kam vor ungefähr zwei Jahren hierher und sprach bei mir vor. Um es kurz zu machen. Er wollte in Glouch eine Praxis eröffnen, kaufte ein Grundstück und ließ ein Haus darauf bauen. Bis zur Fertigstellung des Hauses wohnte er in einer Blockhütte. Sie steht ein paar Meilen von hier im Wald." Ich ließ mir meinen leichten Schock nicht anmerken und fragte ruhig weiter:

"Eine Blockhütte hatte Doktor Shune auch?"

"Ja! Er kaufte sie billig von einem Jagdpächter, der keinen Wert mehr auf das Ding legte. Als Shunes Haus fertig war, hat er die Hütte vermietet, ich glaube an einen Waldarbeiter."

Das waren immerhin interessante Neuigkeiten.

"Waren Sie nicht ungehalten darüber, dass Ihnen in Doktor Shune ein Konkurrent entstand?" "Aber nein, Mister Hunter. Ich bin nicht mehr der Jüngste und Arbeit gibt es hier für zwei Ärzte genug." "Ist Doktor Shune verheiratet?" "Das glaube ich nicht. Er lebt sehr zurückgezogen und hat nur ein Faktotum bei sich. Einen Spanier, soviel ich weiß."

Überall tauchten jetzt diese Caballeros auf.

"Sonst hatte Shune niemanden im Haus, Doc? Keine Sprechstundenhilfe, Haushälterin oder so?" "Das erste Jahr hatte er ein Mädchen für seine Sprechstunde. Jetzt erledigt er seine schriftlichen Sachen auch noch selbst. Die Haushälterin ist eben sein Emanuel."

"Hat dieser Emanuel Freunde im Ort? Sind noch mehr seiner Landsleute hier ansässig?" "Ansässig nicht, aber ich habe mir sagen lassen, dass dann und wann einige auf Urlaub hierher kommen. Überhaupt lebt der Spanier genauso zurückgezogen wie sein Arbeitgeber." Wir sprachen noch über einige Belanglosigkeiten, dann verabschiedete ich mich und fuhr zur Constable-Station.

"Inspektor Baltimore sitzt drüben im kleinen Revier", erklärte mir der diensthabende Beamte. Ich lief durch den kurzen Flur und klopfte an die Tür. "Schnüffler tritt ein, bring 'Mörder' rein, „ rief Baltimore durch die geschlossene Tür. "Ich werde mich längere Zeit von Ihnen distanzieren müssen, Inspektor. Da Sie mich jetzt schon an meinem Gang erkennen, befürchte ich, dass unser Verhältnis zu intim wird." "Ach was, Billy. Ein geschultes Ohr gehört zu einem Kriminalisten, wie der Gin zu einem gewissen Billy Hunter."

Er kramte in einem Stapel Papiere, regte sich über diese beschriebenen Fetzen, von denen sich immer der verkroch, den er brauchte, künstlich auf und als er endlich fand, was er gesuchte hatte, strahlte er mich an und sagte:

"Die Leute von dem spanischen Konzern, in deren Diensten Joel Richards stand, haben vor zirka einem Jahr bei Kontrollen bemerkt, dass aus ihrer Produktion laufend Opiate verschwanden. Ich will Ihnen Einzelheiten ersparen, jedenfalls führten die Spuren zu uns nach England. Man hatte festgestellt, dass die Übergabe der gestohlenen und dann geschmuggelten Ware hier am See, zwischen Glouch und Green at Sea erfolgte. Das heißt, dass die Opiate hier von spanischen in englische Hände wechselten. Warum der Konzern diese Diebstähle nicht bei der Polizei seines Landes anzeigte, sondern zur Klärung dieser Sache nur eigene Leute oder bezahlte Detektive heran zog, ist nicht unsere Angelegenheit. Das sollen die selbst verantworten. Richards bekam den Auftrag hier am See seine Nachforschungen anzustellen und was dabei heraus kam, das haben wir leider erlebt."

"Auf alle Fälle hat sich der Auftrag für Richards nicht gelohnt, Inspektor!"
"Weiter! Rinetti sitzt drüben in der Zelle. Ein widerlicher Kerl! Angeblich hat er nur Anweisungen befolgt, die er von einem Mann telefonisch erhielt. Vom wem weiß er natürlich nicht. Als ich ihn danach fragte, ob er Scotter befohlen habe Rouwler und dessen Nichte unschädlich zu machen, will er von nichts gewusst haben und erst darüber informiert worden sein, als Scotter bereits tot war. Auch auf meine Frage, wie er in die ganze Sache hinein gekommen ist, schweigt er beharrlich. Ich glaube

nicht, dass er sein wabbeliges Maul noch weit aufreißen wird. Er weiß, dass es bei ihm um Kopf und Kragen geht."

Baltimore sah blicklos aus dem Fenster und fuhr dann fort: "Noch etwas, Billy! Salter wurde bei einer Verkehrskontrolle in London geschnappt. Was dabei heraus kommt, weiß ich noch nicht. Ja, die Leute, die uns bekannt waren, sitzen nun hinter Schloss und Riegel und die Bande ist aufgeflogen. Aber wer ist der Mann, der alle Fäden in seinen Händen hielt. Wenn wir den nicht bald finden, wird er uns noch schwer zusetzen. Der Kerl hat den Kopf dazu, in kurzer Zeit wieder eine Organisation aufzubauen und dann geht der ganze Schwindel von vorn los!"
"Stimmt, Inspektor! Ebenso wichtig ist aber die Frage nach dem Mann, der die Opiate von Spanien nach England schmuggelte. Und wer hat Simone Barth ermordet? Ich kann nicht länger hier herum sitzen. Wir sehen uns am Abend im 'Silverbird'."

Ich fuhr zurück zum 'Silverbird'. Hungrig betrat ich den Speisesaal und nahm am Tisch von Evelyn Platz. Sie strahlte mich an und legte ihr Besteck zur Seite. "Ich werde ab morgen meine Rationen um die Hälfte reduzieren", sagte sie. "Wenn ich das Wort 'Erholung' weiterhin so ernst nehme und alles was dazu gehört weiter so genau befolge, fallen meine Kleider den Entwicklungsländern zu, weil sie mir nicht mehr passen."

Nach dem Essen wollte ich Doktor Shune einen heimlichen Besuch abstatten und sprach mit Evelyn über meine Absicht. Beim Abschied legte sie mir ihre Hand zärtlich auf meine Schulter. "Sei bitte vorsichtig, Billy."

Ich lief zu Fuß und wollte versuchen ungesehen in das Haus zu kommen, nach meinen Beobachtungen von heute Nacht musste das möglich sein. Shunes Grundstück war das letzte in der Straße, dahinter lagen Felder und der Garten um das Haus war mit dichten Büschen bewachsen. Wenn ich versuchte von hinten an das Grundstück heran zu kommen und den Garten erreichte, ohne gesehen zu werden, konnte der Rest meines Vorhabens nicht mehr allzu schwierig sein. Meine Uhr zeigte auf 13.35 Uhr, die Zeit schien mir günstig. Angenommen Shunes Sprechstunde begann um 14.00 Uhr und sein Faktotum Emanuel betätigte sich als Sprechstundenhilfe, dann waren die zwei einzigen Bewohner des Hauses in der Praxis beschäftigt und ich konnte die Wohnräume ungestört durchsuchen.

Von allen Seiten und durch immer andere Straßen und Wege umkreiste ich das Haus, um eine gute Ausgangsposition zu finden. Nach einer halben Stunde stand ich goldrichtig. Ein hohes Maisfeld erstreckte sich auf der Rückseite des Gebäudes bis an den Garten von Shunes Anwesen. Ich pirschte durch die Halme bis zum Zaun, der kein unüberwindliches Hindernis war und betrat den Garten. Vorsichtig schlängelte ich mich durch die Büsche bis an die Hauswand und legte eine

Verschnaufpause ein. Bis jetzt war alles gut gegangen und gesehen hatte mich bestimmt niemand. Doch wie nun weiter?!

Genau in der Mitte der Hinterfront des Hauses befand sich eine Tür. Rechts und links davon je zwei Fenster, von denen eines offen stand. Es lag genau in Kopfhöhe und war leicht zu erreichen. Dennoch beschloss ich, die Tür für meinen unangemeldeten Besuch zu benutzen, wahrscheinlich führte sie vom Garten in den Keller und die Katakomben des Doktors konnten auch ganz interessant sein. Vorsichtig probierte ich, ob sie verschlossen war und stellte erstaunt fest, dass sie sich geräuschlos öffnen ließ. Wie ich schon vermutet hatte, führte die Tür in den Keller des Hauses. Hinter ihr lag ein betonierter Gang, der an seinen Längsseiten je eine Tür hatte und an dessen Ende eine hölzerne Treppe nach oben ging. Eine erholsame Stille war hier unten. Nur ab und zu hörte ich Schritte über mir. Ohne Erfolg durchsuchte ich die Kellerräume und wollte eben den Fuß auf die erste Stufe der Treppe setzen, als oben eine Glocke schellte. Geduldig wartete ich, bis ein unverständliches Gemurmel mit dem Schließen der Tür endete. Aber das war erst der Anfang. Die Glocke ertönte nun so oft, dass es für mich keinen Zweifel mehr gab; Doktor Shunes Sprechstunde hatte begonnen. Die Stimmen oben im Flur verstummten nicht mehr und leise stieg ich die Stufen hoch. Durch das Schlüsselloch sah ich nur Stuhlbeine, Schuhe und die dazu gehörenden Unterschenkel. Durch diese Tür kam ich während der Sprechstunde niemals ungesehen ins

Erdgeschoß. Der Keller hatte keine Reize mehr für mich, deshalb schlüpfte ich wieder hinaus in den Garten.

Das Fenster hielt einladend seine Flügel offen. Dahinter lag ein Wohnzimmer, das ich sehr gewissenhaft durchsuchte. Ich achtete pedantisch darauf, dass meine Anwesenheit nicht durch eine Unachtsamkeit bemerkt wurde und legte jedes Stück wieder an seinen Platz. In der Mitte des Zimmers wandte sich eine holzgeschnitzte Wendeltreppe in den ersten Stock hinauf. Bestimmt gab es noch eine Treppe im Haus, die vom Flur nach oben führte. Doch diese hier erweiterte meinen Aktionsradius beträchtlich und war für mich unbezahlbar. Dann stand ich in der ersten Etage, im Arbeitszimmer des Arztes. Vielleicht nannte er es auch Studierzimmer, wer wusste das schon. Hier verrichtete ich Schwerstarbeit. Ein mühsames Betrachten und Abtasten aller möglichen und unmöglichen Gegenstände war es, nichts ließ ich unbeachtet und fand nichts, was Shune nur im Geringsten belastet hätte.

Enttäuscht sah ich mich um. Sollte es in diesem Haus tatsächlich nichts geben, was meinen Verdacht berechtigt erscheinen ließ? Zwei Türen reizten mich zu weiteren Taten. Durch die eine trat ich in einen Gang, an dessen Ende eine Treppe nach unten ging. Damit fand ich zwar meine Vermutung von einem zweiten Aufgang bestätigt, konnte aber mit der Tatsache nichts anfangen, weil unten im Flur eine alte Frau saß und wartete. Sie war allein, alle anderen Stühle waren inzwischen nicht mehr besetzt, deshalb fühlte sich die

Dame unbeobachtet und bohrte in der Nase. Ich wollte nicht indiskret sein, mogelte mich wieder ins Studierzimmer zurück und versuchte mein Glück bei der anderen Tür. Hinter ihr lag das Bad und hier wurde ich zum ersten Mal stutzig. Es standen zwar viele Dosen und Fläschchen herum, aber die Dinge, die man im Allgemeinen für den täglichen Bedarf an Reinlichkeit benötigte, fehlten. Wollte Doktor Shune verreisen und hatte schon gepackt?

Dann knöpfte ich mir noch die anderen, auf dem Gang liegenden Zimmer vor. Eines davon bewohnte offensichtlich der Spanier, denn das Bild seines Landesvaters zierte eine Wand des Raumes. Das zweite Zimmer stand wahrscheinlich späten Gästen zur Verfügung. Auch in diesen beiden Räumen wurde meine Neugier nicht befriedigt. Ich trat wieder hinaus auf den Gang, schlich bis an die Treppe und sah nach unten. Der Flur war jetzt leer. Entweder saß die alte Frau noch im Ordinationszimmer oder sie war schon weg gegangen. Die Hausglocke schellte. Wenn ich Glück hatte, konnte ich jetzt Emanuel sehen. Der Spanier trat aus einer weiß lackierten Tür, ging an die Haustür und öffnete. Ich erkannte in ihm den Mann, der mit Evelyns nächtlichem Anbeter bei Maud in der Bar gesessen hatte. Baltimore und Black traten ins Haus und verlangten Doktor Shune zu sprechen. Emanuel verschwand, um die beiden zu melden. Was wollte der Inspektor hier? `

Es vergingen einige Minuten ehe Shune in den Flur kam. "Gentleman", sagte er. "Shune ist mein Name. Was kann ich für Sie tun?" Baltimore stellte sich und seinen

Assistenten vor und zeigte seinen Ausweis. "Wir benötigen Informationen, Doktor und haben einiges mit Ihnen zu besprechen." Shune schien einen Augenblick zu zögern. "Ich weiß zwar nicht, um was es sich handeln könnte, aber wenn Sie Ihren Besuch für notwendig halten, dann treten Sie bitte ein." Er öffnete eine Tür, die ich von meinem Standort aus nicht sehen konnte. Sie fiel ins Schloss und die Stimmen verloren sich.

Durch die immer noch offen stehende Tür des Ordinationszimmers hörte ich am typischen Geräusch einer Wählscheibe, dass jemand telefonieren wollte. Das konnte nur Emanuel sein. Da das Gespräch so unmittelbar nach Baltimores Eintreffen geführt wurde, konnte es eventuell mit dem Polizeibesuch zusammen hängen. Leise stieg ich die Stufen hinunter und lehnte mich dicht neben der Tür an die Wand. Hoffentlich stellte Baltimore recht viele Fragen an den Doktor, damit mich jetzt niemand auf dem Flur überraschte.

Die Art, wie Emanuel wählte, ließ darauf schließen, dass er ein Ortsgespräch führen wollte. Ich spitzte die Ohren und hörte ihn deutlich sagen: "Bitte, geben Señor Emilio Cardenza, Zimmer neun." Ein Ortsgespräch und ein Spanier, der in einem Hotel wohnte und auf seinem Zimmer verlangt wurde, dafür gab es nur eine Erklärung. Emanuel hatte eben mit dem Portier des 'Moonlight' gesprochen und ließ sich mit Simone Barths vermutlichem Mörder verbinden. Dann legte Emanuel los. Er sprach nicht lange, aber das war bei der Schnelligkeit seines spanischen Mundwerkes wohl auch nicht nötig. Emilio wusste nun bestimmt alles, was Emanuel auf dem Herzen hatte.

Ich schlüpfte wieder die Treppe hinauf und verschwand im Studierzimmer. Doktor Shune musste den Inspektor in den unter mir liegenden Wohnraum geführt haben, denn durch die segensreiche Einrichtung der Wendeltreppe konnte ich die Unterhaltung gut verstehen. "......... der Mord an Richards in einem Anwesen geschehen, dass Ihnen gehört, Doktor." "Gut, dass Sie mich darüber informiert haben, Inspektor. Ich werde umgehend mit meinem Pächter wegen dieser Sache sprechen." Baltimore wusste also auch schon, dass die Blockhütte dem Arzt gehörte. Damit schien die Unterredung beendet zu sein. Es folgte das übliche Abschiedszeremoniell im Flur und dann war es wieder still im Haus.

Ich war neugierig zu erfahren, was Shune jetzt mit Emanuel besprechen würde und trat auf den Gang hinaus. Leicht verständlich hörte ich die Worte: "........offen lassen. Emilio kommt 23.00 Uhr durch Keller", sagte Emanuel. "Emilio muss vorsichtig sein", antwortete Shune. "Hunter scheint ihn wegen der Barth unter die Lupe zu nehmen und auch der Inspektor ist misstrauisch. Wir dürfen keine Fehler mehr machen." "Ich nix Fehler." "Ich spreche nicht von Dir, ich denke an Rinetti. Einmal hat er selbständig gehandelt und sofort jämmerlich versagt. Warum musste er Scotter mit Richards in die Blockhütte schicken? Jetzt weiß die Polizei schon, dass die Hütte mir gehört und Richards dort umgelegt wurde. Der Dicke wusste doch, dass um

196

18.30 Uhr mein Anruf fällig war, er hätte meine Anweisungen abwarten müssen. Als er mir dann am Telefon von der Sache erzählte, war es schon zu spät, da war Scotter mit den beiden anderen und Richards schon auf dem Weg zur Hütte. Na ja, daran lässt sich nun nichts mehr ändern."

Durch dieses belauschte Gespräch bestätigte sich mein Verdacht. Doktor Shune war der Boss dieser Gangster und der Mann, von dem Rinetti seine Befehle erhielt.

Emilio Cardenza hatte Simone Barth ermordet.

Rinetti gab Scotter den Auftrag Richards zu beseitigen, die Durchsuchung dieser Räuberhöhle hätte ich mir ersparen können.

Die Kellertür sollte offen bleiben, weil Emilio heute Nacht um 23.00 Uhr durch den Garten kam und ins Haus wollte. Warum so geheimnisvoll? Sollte ein neuer Mord geplant werden? Es stand für mich bombenfest, dass ich zu dieser Zeit auch hier sein würde, aber bis dahin wollte ich nicht im Haus bleiben. Niemand bemerkte mich, als ich mich im Wohnzimmer durch das Fenster in den Garten schwang. Ich pirschte durch die Büsche, kam gut durch das mannshohe Maisfeld und trat ungesehen auf die Straße.

Im 'Silverbird' erfuhr ich von Howard, dass Baltimore mit seiner Tochter an einem Tisch in der Bar saß. Ich fand die beiden hinter einer Flasche Wein. Evelyn kredenzte mir ein volles Glas und der Inspektor sah mich herausfordernd an. "So, Billy! Sie sind mir von heute Vormittag noch Informationen schuldig und ich nehme an, dass heute Nachmittag noch einiges dazu gekommen ist. Nun packen Sie mal aus!"

"Inspektor, ich will versuchen, Ihnen ein lückenloses Bild der augenblicklichen Lage zu geben. Voraus schicken muss ich allerdings, dass der Fall Barth und alles was damit zusammen hängt, heute Nacht, 23.00 Uhr, abgeschlossen sein wird." "Nehmen Sie das Maul nicht so voll, Schnüffler!" "Aber Daddy", sagte Evelyn vorwurfsvoll. "Sie werden es erleben, Inspektor! Nun hören Sie zu!"

Ich berichtete Baltimore, wie ich Evelyns Anbeter bei Maud in der Bar aufspürte. Wie ich ihn dann verfolgte, dass er im 'Moonlight' wohn und welche seltsame Rolle das Haus des Doktor Shune in dieser Nacht spielte. Ich erzählte von meinem Besuch bei Rouwler im Hospital und bemühte mich, Rouwlers Aussage möglichst wörtlich wiederzugeben. Auch meine Vorsprache bei Doktor Fabian erwähnte ich und sprach davon, was er mir über Doktor Shune berichtet hatte. Dann kam ich auf meine heimlichen Besuch im Haus von Shune zu sprechen. Ich sagte dem Inspektor, dass ich bei der Durchsuchung der Räume nichts Verdächtiges finden konnte und erzählte, wie ich später das Telefongespräch von Emanuel, sowie die Unterhaltung zwischen dem Doktor und Emanuel belauscht hatte.

"Ja, Inspektor, das wär's. Nun steht fest, dass Doktor Shune der Kopf der Bande ist, dass Emilio Cardenza

Simone Barth ermordete und dass Rinetti den Mord an Richards befohlen hat." Baltimore starrte in sein Glas. Evelyn hielt ihre Hände gefaltet und ich brannte mir eine Zigarette an. Nachdenkliches Schweigen war am Tisch. Jeder spürte, dass jetzt die Entscheidung auf uns zukam. Langsam hob der Inspektor den Kopf und sah mir ernst in die Augen. "Billy, was nun kommt wiegt schwer. Es ist für mich eine riskante Sache, wenn ich Ihnen meine Unterstützung zu sage."

"Aber Daddy, nach Billys Recherchen liegt doch die Sache klar auf der Hand."
"Das mag so erscheinen Evy. Ich erkenne neidlos an, dass Billy den Hauptteil der Arbeit geleistet hat und dass seine Ermittlungen fast ohne Lücken sind. Vergessen wir aber nicht, dass wir gegen Doktor Shune keinen einzigen Beweis in den Händen haben. Sein Gespräch mit Emanuel kann er zu jederzeit abstreiten und für die späten Besuche von Emilio Cardenza würde er auch einen harmlosen Grund finden. Shune hat kein Blut an den Fingern, das dürfen wir nicht vergessen. Simone Barth wurde von Cardenza erstochen, ob der Doktor den Auftrag dazu gab, wissen wir nicht. Richards Mord geht auf Rinettis Konto und der tatsächliche Mörder, Scotter, kann nicht mehr zur Verantwortung gezogen werden, weil er selbst tot ist. Ob der Überfall auf Rouwler und dessen Nichte befohlen war oder ob ihn Scotter auf eigene Faust ausführte, wissen wir nicht. Ihr seht, dass es nicht so leicht sein wird, Doktor Shune zu überführen. Der Mann ist klug und scheint in punkto Verbrechen ein Experte zu sein."

Was Baltimore vorbrachte, war sachlich und folgerichtig. Er stellte damit unter Beweis, dass er den Fall bis in die letzte Kleinigkeit hinein erfasst und durchdacht hatte. Evelyn stützte den Kopf in die Hände und sagte: "Glaubt Ihr denn, dass es überhaupt handfeste Beweise gibt? Betrachten wir doch einmal den Mord an Simone Barth. Wenn Cardenza bei der Ausführung seiner Tat an die eventuelle Gefährlichkeit der Handtasche gedacht hätte, wäre doch dieser Mord wahrscheinlich niemals aufgeklärt worden. Erst dadurch, dass Salter eingeschaltet werden musste, Rouwler aber um 4.00 Uhr den Strand harkte und der Mörder aus diesem Grund selbst noch einmal in Erscheinung trat, kam doch etwas Licht ins Dunkel."
Vater und Tochter warteten jetzt auf eine Stellungnahme von mir. "Ich kann weder Ihnen, Inspektor, noch Dir, Evelyn, widersprechen. Von diesen Gesichtspunkten aus betrachtet können wir auch nicht beweisen, dass Emilio Cardenza der Mörder von Simone Barth ist. Sein Landsmann Emanuel ginge dann ganz sauber aus der Sache hervor. Wir kennen zwar den Zusammenhang der Verbrechen, aber wir wissen noch nicht, warum Simone Barth ermordet wurde. Ob das alles zu einer eventuellen Verurteilung der Täter reicht, möchte ich selbst bezweifeln. Ein guter Rechtsanwalt kann da noch viele Wenn und Aber finden."

Baltimore bestellte neue Getränke. Schweigsam warteten wir bis serviert war, dann hob der Inspektor sein Glas und prostete uns wortlos zu. Ich musste mir eingestehen, dass mein Optimismus nach dieser Diskussion einen Dämpfer erhalten hatte. Das Ergebnis dieser Aussprache war, dass es uns nicht erspart bleiben würde nach weiteren Beweisen zu suchen. Doktor Shune war aber nicht der Mann, der diese Galgenfrist, die ihm damit gesetzt war, ungenutzt verstreichen ließ. Er würde alles daran setzen die Dinge, die für ihn oder seine Leute gefährlich werden konnten so zu verschleiern, dass wir auf Granit bissen und überhaupt nichts mehr heraus brachten.

Evelyn griff zum Glas, nahm einen herzhaften Schluck und sagte: "Mit Kopf hängen lassen ist uns jetzt nicht geholfen. Wollt Ihr denn den Erfolg Eurer Arbeit ganz in Frage stellen? Daddy, wenn Du meinst, dass die vorhandenen Beweise für ein Eingreifen der Polizei noch nicht stichhaltig genug sind, dann muss eben Billy den Rest auch noch allein schaffen und ich werde ihm dabei helfen."

Mit den letzten Worten kam sie bei ihrem Erziehungsberechtigten aber an die verkehrte Adresse. Baltimore polterte: "Du lässt Deine Finger aus der Sache, Evy! Ich werde alles dafür tun, dass Du Dich nicht in Gefahr begibst und wenn ich Dich einsperren müsste." "Richtig, Inspektor. Trotzdem hat Evelyn in einem Punkt recht. Ich werde die Sache allein zu Ende führen. Du, mein Mädchen, wirst die heutige Nacht brav auf Deinem Zimmer verbringen."

Sie senkte den Kopf, zuckte die Schultern und gab sich geschlagen. Baltimore strich ihr übers Haar. "Ganz verlasse ich Deinen Billy schon nicht. Aber es wäre für uns naturgemäß viel einfacher, wenn wir warten könnten, bis heute Nacht im Haus des Doktors etwas geschieht, was unser Eingreifen erforderlich macht." Evelyn schnellte von ihrem Stuhl hoch: "Das heißt, dass Billy erst geschlachtet werden muss, bevor Eure träge Staatsmaschine anläuft", zischte sie und verließ mit energischen Schritten die Bar. Wir waren platt. "Oh, dieses Teufelsweib, „ seufzte Baltimore. "Es ist Ihr Töchterchen, Inspektor!" Darauf hoben wir die Gläser und nippten sie aus.

Baltimore fragte mich: "Wie wollen Sie heute Nacht vorgehen, Billy?" "Ich werde um 23.00 Uhr im Haus von Shune sein. Alles andere wird sich finden." "Jetzt hören Sie mal gut zu, Hunter. Wir machen das so. Punkt 23.15 Uhr umstelle ich mit meinen Leuten das Haus. Keine Minute früher oder später. Erst muss Cardenza im Haus sein, damit nichts schief geht. Wenn Ihnen Gefahr droht oder wenn Sie einen Grund haben, der unser Eingreifen berechtigt, schlagen Sie Alarm. Werfen Sie ein Fenster ein, brüllen oder schießen Sie, das ist ganz gleich. Versuchen Sie auf jeden Fall und in jeder Weise Radau zu machen, das wird für uns das Signal zum Eindringen sein. Ich selbst werde mich so dicht wie möglich am Haus postieren und bin in der Nähe der Kellertüre zu finden. Einverstanden?" "Die Idee ist nicht schlecht, Inspektor! Lassen wir's dabei und heben die Sitzung auf." Baltimore ließ es sich nicht nehmen die Zeche zu zahlen. Er wollte sofort auf die Polizeistation und alles Erforderliche in die Wege leiten. Howard trafen wir in der Halle. Auf Baltimores Frage, sagte er uns, dass Evelyn auf ihr Zimmer gegangen sei. Ich schüttelte dem Inspektor die dargebotene Rechte zum Abschied und dann trennten sich unsere Wege.

Evelyns Zimmerschlüssel steckte im Schloss. Das Mädchen lag quer über dem Bett und versuchte, bei meinem Eintritt ihre verweinten Augen zu verbergen. Sie erhob sich langsam und zupfte an ihrem verrutschten Rock. "Kann ich Dir wirklich nicht helfen, Billy? Wenn Du nein sagst, musst Du mich heute Nacht in Ketten legen." Wie konnte ich sie beschäftigen, ohne dass sie in eine Gefahr hinein schlitterte und trotzdem das Gefühl hatte, einen Auftrag zu erfüllen? "Helfen kannst Du mir nur indirekt, Evelyn. Es wäre für mich beruhigend, wenn Du Dich in der Hotelhalle aufhalten würdest und ich Dich jederzeit erreichen könnte. Du müsstest pünktlich 23.30 Uhr bei Doktor Shune anrufen. Wenn sich dort niemand vom Yard meldet, sondern Shune oder Emanuel am Telefon ist, schwingst Du Dich in meinen Flitzer und kommst sofort zu dem Haus des Arztes. Hier sind die Wagenschlüssel. Dein Daddy hat zu dieser Zeit das Haus mit seinen Leuten umstellt. Du findest ihn an der Rückfront, bitte ihn, dass er sofort mit seinen Beamten in das Gebäude eindringt und mich sucht. Nimm diesen Auftrag nicht auf die leichte Schulter, vielleicht muss Du mir damit aus der Patsche helfen."
Viel konnte ihr auf diese Weise nicht passieren, denn wenn sie halb zwölf Uhr bei Shune anrief, war das Rennen längst gelaufen.

So dachte ich, und ahnte nicht, dass Evelyn durch diesen Anruf mit helfen würde, mein Leben zu retten.

Sie überlegte und sagte mit einem traurigen Lächeln: "Womit Du mich sehr geschickt auf ein totes Gleis geschoben hast. Doch ich verspreche Dir, genau nach Deiner Anweisung zu handeln." Später saßen wir dann noch in der Halle zusammen, bis es für mich an der Zeit war zum Endspurt anzutreten. Ich schärfte Evelyn nochmals ein, den Anruf nicht zu vergessen und ließ mich von ihr vor das Hotel begleiten.

Es verfolgte mich niemand. Durch einige Tricks, die ich cleveren Gangstern abgelauscht hatte, konnte ich das mit Sicherheit behaupten. Die Turmuhr schlug halb elf, als ich am Maisfeld stand. Jetzt hieß es wachsam sein, denn Cardenza konnte schon irgendwo im Dunkel liegen um festzustellen, ob ihm jemand gefolgt war. Fast zehn Minuten verharrte ich regungslos am Rande des Feldes. Alles war still, kein Lüftchen regte sich. Länger durfte ich nicht mehr warten. Vorsichtig bog ich die langen Maisstengel auseinander und kam zum Gartenzaun von Shunes Anwesen. Hier musste ich bleiben bis Emilio auftauchte und ins Haus ging. Von welcher Seite mochte er kommen. Ob er auch den Weg durch das Maisfeld nahm?
Ich warf mich flach auf den Bauch, lag parallel zum Zaun und versuchte, mich so unsichtbar wie möglich zu machen. Die Kellertür, durch die Emilio gehen wollte, hob sich deutlich sichtbar von der hellen Hauswand ab. Fünf Minuten vor elf Uhr. Cardenza musste jetzt auf

dem Weg sein. Ich horchte in die Nacht hinein und hörte nichts. Kein Rascheln im Mais, keine knackenden Zweige im Garten und keine leisen Schritte, die sein Kommen verraten hätten. - Nichts. Endlos zogen sich die Minuten in die Länge. Vom Turm der Kirche schlug es 23.00 Uhr. War der Spanier schon im Haus oder hatten die Kerle ihr Stelldichein auf eine andere Zeit verschoben? Das gespannte Warten wurde zur Qual. Es blieb alles still und kein Schatten zeigte sich am Haus.

23.10 Uhr! Jetzt musste ich handeln. Noch stand der Mais regungslos, aber in fünf Minuten erschien Baltimore mit seinen Leuten und dann würde es hier lebendig werden. Wenn Cardenza sich verspätete und erst nach 23.15 Uhr hierher kam, war mein Plan sowieso nicht mehr durchzuführen. Ich sprang über den Zaun und schlich zum Haus. Langsam zog ich die Tür hinter mir ins Schloss und stand regungslos im nachtschwarzen Gang von Dr. Shunes Keller. Mit den Fingerspitzen der linken Hand tastete ich über die Wand neben mir, meine Rechte umklammerte den Griff des Revolvers. Ich war nervös und unsicher, weil etwas geschehen sein musste, was ich nicht einkalkuliert hatte. Das konnte mich Kopf und Kragen kosten.Das Gefühl, blind in eine tödliche Gefahr zu laufen wurde immer stärker. Ich blieb stehen und spielte mit dem Gedanken den Keller zu verlassen.

Ein leichter Luftzug streifte mein Gesicht, etwas berührte sanft meine Schultern, zog sich gedankenschnell zusammen und schnürte mir den Hals zu. Ich rang nach Luft, der Revolver fiel mir aus der kraftlosen Hand und ich stürzte zu Boden. Lautlos und mit unheimlicher Schnelligkeit war ich ausgeschaltet und saß in der Falle.

Eine Deckenlampe verbreitete plötzlich grelles Licht. Drei Männer knieten neben mir. Mit einem breiten Streifen Heftpflaster verschloss Emanuel blitzschnell meinen Mund. Emilio Cardenza hatte das Ende der Schlinge, die um meinem Hals lag, straff in den Händen und Doktor Shune drückte eben leicht auf den Kolben einer gefüllten Injektionsspritze, die er sich prüfend vor die Augen hielt.

Keiner sprach ein Wort. Es war wie eine Hinrichtung. Emanuel zog mir den rechten Arm vom Körper weg und der Doktor kniete sich auf meine Handfläche. Wenn es Wunder gab, musste jetzt eines geschehen. Ich spürte den Einstich der Nadel und riss instinktiv meine Hand unter Shunes Knie hervor. Er verlor das Gleichgewicht, kippte nach hinten und fiel auf einen leeren Heizöl-Kanister, der mit lautem Gepolter durch den Gang schepperte. Im Unterbewusstsein hörte ich Stimmen, spürte wie sich die Schlinge um meinen Hals lockerte und versank dann in einem Meer schwarzer Tinte.

Helle Sonne strahlt durch ein großes Fenster, Blumen stehen im Zimmer und ich liege in einem weiß lackierten Bett. Über mir ist ein Kopf mit einer Flut von braunen Locken und Tränen tropfen auf mein Gesicht.

"Erkennst Du mich, Billy?" "Seit wann stellst Du dumme Fragen, Mädchen? Wo bin ich? Wo ist Shune und die anderen?" "Die sind alle verhaftet, Billy und schon nach London überführt. Du liegst im Hospital von Elswick. Schon zwei Tage bist Du hier, aber jetzt ist alles in Ordnung, sei ganz still."
"Ich muss aber wissen, was passiert ist Evelyn." "Ich erzähl es Dir ganz kurz, Billy. Aber versprich mir, dass Du dann wieder schläfst, ja?" Ich zwinkerte ihr nur zu.

"Also, das war so. Daddy stand direkt an Shunes Haus, unmittelbar vor der Kellertür. Er hörte Lärm und glaubte, Du hättest ihn verursacht, um das verabredete Zeichen zu geben. Er stürmte mit Mister Black in den Gang und sah Doktor Shune neben Dir am Boden liegen. Du wurdest von Emilio gewürgt und von Emanuel festgehalten. Fast ohne Gegenwehr konnte Daddy die drei Gangster verhaften und sich dann erst mit Dir befassen. Du warst ohne Bewusstsein und in Deinem rechten Arm steckte ein, fast noch randvolle Injektionsspritze. Jetzt wissen wir, dass sie mit einem tödlichen Gift gefüllt war. Ich den Namen nicht behalten. Jedenfalls hast Du märchenhaftes Glück gehabt, dass Shune nicht dazu kam, Dir mehr von dem Zeug einzuspritzen. Pünktlich 23.30 Uhr habe ich angerufen. Mister Black war am Telefon und schrie, ich sollte sofort Doktor Fabian holen und zu Shune kommen, es ginge um Dein Leben. Doktor Fabian hat Dir starke Spritzen gegeben und dann haben wir Dich in einem Dienstwagen mit Blaulicht hierher gefahren. Das wars und nun wird wieder geschlafen."

Am nächsten Tag besuchte mich der Inspektor im Hospital. Schon unter der Tür des Krankenzimmers begann er wieder mit seinen spitzfindigen Sticheleien. "Good evening, Billy, alter Morphinist. Wenn ich Sie wieder einmal mit einer vollen Spritze im Arm antreffe, lasse ich Sie sofort in eine Entwöhnungs-Anstalt einweisen." Baltimore trat an mein Bett und streckte mir herzlich seine Hand entgegen. Mit der anderen fischte er eine Flasche Gin unter der Jacke hervor und schob sie mir unter das Kopfkissen. "Lass Dich mit der Pulle nicht schnappen, Schnüffler. Von mir hast Du das Zeug jedenfalls nicht, denn ich bin ein ausgesprochener Gegner des Alkohols." "Ich danke Ihnen, Inspektor, für alles."

Er zog sich einen Stuhl heran und brummelte: "Was soll denn das Geschwätz? Ihnen verdanke ich es doch, dass ich nach meiner Pensionierung die Fähigkeiten haben werde als Baby-Sitter zu fungieren."

Ich verzichtete auf eine entsprechende Erwiderung, weil ich darauf brannte Baltimores Bericht zu hören. "Also, Inspektor, wie steht es nun mit unserer Sache?"

"Was heißt hier 'unsere Sache'? Sie sind doch nur für den Mordfall Simone Barth zuständig. Na ja, Sie sollen trotzdem alles wissen, Billy, zumal die Boys alle gestanden haben. Die Gentlemen waren der bewährten Vernehmungstaktik eines gewissen Inspektor Baltimore eben nicht gewachsen."

Er zog sich eine rote Nelke aus der Vase auf meinem Nachttisch und schob sie sich mit großer Geste in das

Knopfloch. Dann sprach er schmunzelnd weiter: "Doktor Shune war tatsächlich der Boss dieser Gesellschaft. Er stellte nicht in Abrede, dass er Sie durch eine Giftinjektion töten wollte. Leugnen hätte ihm sowieso nichts genutzt, da wir ihn auf frischer Tat ertappt haben. Es hat sich aber auch heraus gestellt, dass der Doktor die Morde an der Barth und an Richards nicht angeordnet oder befohlen hat. Immerhin reicht die Rauschgiftsache und der Mordversuch an Ihnen, um ihn ein paar Jährchen hinter Gitter zu bringen."

Er nestelte eine Zigarette aus seiner Jacke, sah mich traurig an und schob sie wieder in die Tasche. Wahrscheinlich wollte er meine Genesung nicht durch sein Kraut hinaus zögern. "Wieso wurde ich im Haus des Doktors erwartet, Inspektor?"
"Weil die ganze Sache verdreht lief. Cardenza lag bereits in Shunes Garten hinter einem Busch, als Sie aus dem Maisfeld kamen. Seine Vorsicht, früher an Ort und Stelle zu sein und abzuwarten, ob ihn jemand verfolgte, hat sich gelohnt. Als er Sie kommen sah, schlich er um das Haus herum und betrat es durch den vorderen Eingang. Da Shune annahm, dass Sie in sein Haus wollten, stellte sich das Empfangskomitee im Keller auf."

"Jetzt das wichtigste für mich, Inspektor. Hat Emilio Cardenza den Mord an Simone Barth gestanden?"
"Ja, Billy, er konnte nicht anders. Emilio Cardenza war auch der Mann, der die Opiate von Spanien zu uns nach Old England schmuggelte. In der Nacht, in der Sie die Mordwaffe fanden, hat er Sie vom 'Moonlight' herüber

beobachtet, später nieder geschlagen und den Dolch wieder an sich genommen. Danach erteilte er Scotter den Auftrag, die Mordwaffe bei Rinetti zu deponieren. Rinetti gab den Dolch dann an Scotter zurück, als er ihm befahl Richards zu killen. Cardenza war es auch, der den Überfall auf Rouwler und dessen Nichte anordnete. Er sah Sie in Rouwlers Kellerwohnung verschwinden und befürchtete, dass der Alte nicht dicht halten würde."

Baltimore sah sich suchend im Zimmer um. "Gibt es in dieser sterilen Bude nichts, mit dem man sich den Gaumen befeuchten kann", maulte er. Ich entkorkte seinen mitgebrachten Gin und wir taten beide einen erquicklichen Schluck.

"Inspektor", frage ich dann. "Warum hat Cardenza die Barth umgebracht?"

"Das ist eine längere Geschichte. Die Barth verlebte doch ihren vorjährigen Urlaub in Spanien, dort lernte sie Cardenza kennen und verliebte sich in diesen Señor. Da Emilio jedes Vierteljahr einmal nach England kam, um seine Ware bei Shune abzuliefern, besuchte er bei dieser Gelegenheit immer die Barth in London. Simone verbarg diese Liebschaft vor ihrem Vater, weil sie wahrscheinlich befürchtete, dass der Konsul das Verhältnis nicht billigen würde. Sie wusste, dass Cardenza bei einem chemischen Konzern beschäftigt war und muss seinen fadenscheinigen Erklärungen, wieso es ihm möglich war so oft nach England zu kommen, nicht recht geglaubt haben. Dennoch kamen die beiden überein, im Juni in Glouch gemeinsam ihren Urlaub zu verbringen. Cardenza hatte den Ort vorgeschlagen, weil er das Angenehme mit dem Nützlichen verbinden wollte.

Am 15. Juni stieg die Barth im 'Silverbird' ab. Cardenza war schon zwei Tage vorher mit einer neuen Sendung Opiate angereist. Er hatte diese Schmuggelware am 15. Juni noch bei sich, weil Doktor Shune und Emanuel in Dublin waren und erst am 16. zurück erwartet wurden. Für den 16. Juni hatte nun Emilio mit Simone eine Fahrt um den See vereinbart und er wollte, bevor er sich mit der Barth traf, seine heiße Ware bei Doktor Shune abliefern. Doch Shune war noch nicht zurück und Emilio verstaute das Zeug im Handschuhkasten seines Wagens, weil ihm keine Zeit mehr blieb die zigaretten- schachtelgroßen Päckchen noch vor dem Treffen mit der Barth in das Hotel zurück zu tragen.
Zu diesem Zeitpunkt muss die Barth aber schon etwas von Emilios Machenschaften geahnt haben. Am Abend, nach der Rückkehr von dieser Rundfahrt, wollte Cardenza die acht Päckchen bei Doktor Shune abgeben. Er nahm die Dinger aus dem Handschuhfach und war verzweifelt, als er nur noch sieben Stück vor fand. Ihm war sofort klar, dass Simone das fehlende Päckchen mitgenommen hatte und er klemmte sich ans Telefon. Emilio beschwor die Barth das Zeug zurückzugeben, doch sie sagte ihm, dass sie den Inhalt des Päckchens kenne und es sich noch überlege, ob sie nicht die Polizei benachrichtigen würde. Emilio steckte nun in der Klemme. Er erzählte ihr ein Märchen von einem Bekannten in Spanien, der ihn gebeten habe die Päckchen mit nach England zu nehmen und hier einem

Mann zu übergeben, der heute Nacht gegen 1.00 Uhr zu ihm in das 'Moonlight' kommen würde.

Aber Simone war misstrauisch und verlangte den Mann zu sehen. Emilio suchte fieberhaft nach einem Ausweg und versprach ihr, um 1.30 Uhr mit dem Unbekannten am Strand des 'Silverbird' zu sein. Er würde mit dem Mann um den Zaun herum vom 'Moonlight' zu ihr kommen, weil er nicht wisse, ob sich der Gent, wenn die Ware wirklich heiß wäre, gern sehen ließ.

Sie sollte hinunter an den See kommen und sich nett anziehen, denn er lade sie schon jetzt zu einer kleinen Versöhnungsfeier in der Bar des 'Moonlight' ein. Da Liebe im Allgemeinen blind macht, muss die Barth das auch halb geglaubt haben, denn sie wurde bekanntlich in ausgehfähiger Garderobe aufgefunden.

Als Cardenza um 1.30 Uhr durch das Wasser zum Strand des 'Silverbird' watete, hatte er vor, die Barth umzulegen, falls sie seine Geschichte nicht glaubte und mit einer Anzeige drohte. Simone trat aus der Tür des Terrassenzimmers und ging hinunter zum See, wo Emilio im Wasser stehend auf sie wartete. Arglos fragte die Barth, warum Emilio allein käme und wo der andere Mann sei. Emilio wollte ihr einreden, dass dieser Gent noch nicht eingetroffen wäre, doch Simone glaubte ihm nicht und sagte, dass sie nun die Polizei verständigen werde. Damit sprach sie ihr eigenes Todesurteil.

Cardenza stieß ihr den Dolch in die Brust, versteckte die Mordwaffe an dem Pfosten im Wasser und kehrte ungesehen ins 'Moonlight' zurück. In seinem Zimmer konnte er keine Ruhe finden, weil ihm der Gedanke, dass die Barth vielleicht das achte Päckchen bei sich getragen hatte, um es eventuell zurück zu geben, immer ratloser machte. Er selbst wagte sich nicht noch einmal an den Strand, um die Handtasche der Toten zu untersuchen. Deshalb rief er bei Rinetti an und vereinbarte mit ihm, dass Salter die Leiche finden und die Handtasche sicherstellen sollte. Rinetti telefonierte dann mit Salter und den weiteren Verlauf kennen Sie ja selbst."

Nach dieser langen Rede griff der Inspektor nach der Flasche, tat einen langen Zug und schüttelte sich. "Wie Sie immer diesen Fusel saufen können, ohne das Gesicht zu verziehen ist mir schleierhaft", grinste er. "Das ist eine Sache der Geschmacksnerven, Mister Baltimore, vielleicht sind die Ihren zu schwach für ein echtes Männergetränk. Aber bleiben wir noch kurz bei der Sache. Was ist mit Doktor Shunes Faktotum Emanuel?"
"Dieser Señor heißt Emanuel Cardenza und ist der Bruder von Emilio. Er spielte so eine Art Mittelsmann und seine Aufgabe war es, die anderen zu überwachen. Emanuel ist, gemessen an seinem Bruder ein kleiner Fisch; viel können wir dem nicht anhängen."

Baltimore sah auf seine Uhr. Da nun alle Fragen beantwortet waren, wollte ich ihn nicht länger aufhalten. "Well, Mister Baltimore, womit wieder einmal eine harmonische Zusammenarbeit erfolgreich abgeschlossen wäre. Wenn Ihre Aufklärungsquote weiter so rapide ansteigt, werden Sie bald Präsident sein."

"Hauen Sie nicht so auf den Putz, Schnüffler. Während Sie faul im Bett herum liegen und dafür noch von dem Konsul fette Honorare kassieren, muss ich jetzt ellenlange Berichte schreiben, damit mir 'John Bull' am nächsten Ersten mein kärgliches Gehalt zahlt. Good bye, Billy, wir sehen uns in London wieder."

An der Tür zwinkerte er mir listig zu und versuchte sich mit einer tiefen Verbeugung. Diese ungewohnte Höflichkeit riss ihn fast von seinen stämmigen Beinen und er verließ laut fluchend das Zimmer.

ENDE

☐

DIE AUTOREN

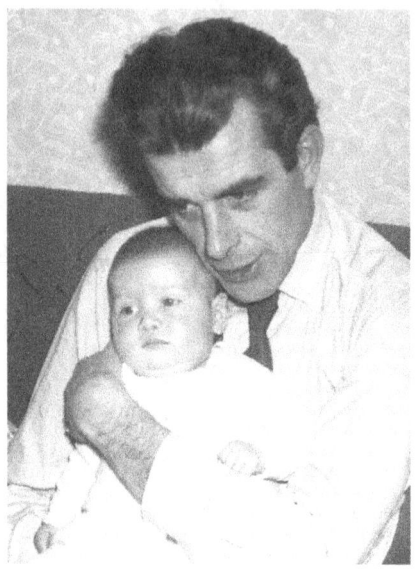

Erhard Lenke, geb. 24.02.1922 in Chemnitz, gestorben 09.08.2003 in Nürnberg

Barbara Spangler, geb. Lenke, Nürnberg

Weitere Bücher der Autoren

Kriegsgefangener 1370651
Eine Lebensabschnittsbiografie
1943 – 1948

Ohne Hass, aber trotzdem beeindruckend schildert der
deutsche Kriegsgefangene 1370651 seine Erinnerungen
während der Gefangenschaft 1945 bis 1948 und seine
Fluchtversuche, vom einzigen Willen beseelt, endlich
wieder nach Hause zu kommen.
Von Heimweh, Furcht, Bedrohung - aber auch von Liebe
und Kameradschaft weit weg von der Heimat.

Erschienen
Als eBook bei Amazon.de: ISBN 978-3-944240-00-8
Als Paperback bei www.lulu.de: ISBN 978-3-944240-03-9